Was die Elefantendame Ceyla-Himali
über die Freiheit denkt

MORENA PELICANO

Was die Elefantendame Ceyla-Himali über die Freiheit denkt

Copyright © 2022 Morena Pelicano www.morenapelicano.ch
Umschlaggestaltung, Satz, Herstellung und Verlag:
BoD – Books on Demand, Norderstedt
Foto der Autorin: Photopunkt.ch, Thomas Gasser, Biel
Lektorat: Michael Walther, Wattwil SG

ISBN: 978-3-7568-1862-4

Inhalt

Gott und die Liebe. Kürzlich bekam sie Besuch
von einer orangen Dame, einer leidenschaftlichen
und überzeugten Spielerin

Dies ist die Geschichte meines Schwanenflügels.
Der Königlichen Kreativwerkstatt. Eines Aufbruchs in dunkler Nacht. Einer weltverändernden Demonstration. Und der Abschaffung der
Normieranstalten.

Lange prägte mich mein Hippiegen. Und davor
und danach gab es noch einige andere, prägende.
Wer hätte gedacht, dass ich auf die nicht mehr
ganz jungen Tage nochmals ein neues Gen entdecke. Heimlich, hinter heruntergelassenen Storen
und bei zugezogenen Nachtvorhängen führe ich
nun ein Doppelleben. Ich tanze, ich träume, ich
segle in die totale Tiefenentspannung.

Vorwort

Dialog über Fragen, die sich alle stellen müssen

«Einen wunderschönen guten Tag. Ich bin Ceyla-Himali, eine asiatische Elefantendame, 45 Jahre alt und ich lebe im Zoo in Zürich. Ich lade Sie ein, mit mir über das Thema Freiheit nachzudenken. Darüber sinniere ich viel, wenn ich über den Zaun hinweg mit meinem Rüssel die zarten Bambusstengel nasche. Dabei komme ich den Menschen sehr nahe. Drei Meter Distanz. Da frage ich mich oft: Wer ist jetzt frei? Die Menschen, die auf den Wegen durch den Zoo schlendern, oder ich, die Elefantendame?»

So beginnt der Text «Was die Elefantendame Ceyla-Himali über die Freiheit denkt» von Morena Pelicano. Die – authentische – Elefantendame erhält in der Folge Besuch einer jungen Philosophiestudentin, die eine Arbeit über die Freiheit schreiben soll und sich gerade mit «Wilhelm Tell» von Friedrich Schiller auseinandersetzt.

Es entspannt sich ein tiefgründiger Dialog über Freiheit und Selbstbestimmung. Morena Pelicano hat den Text im Oktober 2020 verfasst. So ist es unumgänglich, dass auch der Lockdown und die damit verbundenen Freiheitseinschränkungen zur Sprache kommen. Aber mehr noch geht es um die Frage der Selbstbestimmung angesichts des Konsum- und Modezwangs und aufgrund der Existenzsicherung, denen alle Menschen, immerzu, ausgesetzt sind.

«Wie viel kann ich überhaupt selber bestimmen», fragt die Zoobesucherin sich selbst und Ceyla-Himali. Für diese ist das kein Problem. Sie ist eine scharfe Beobachterin der Besuchenden und kennt deren Zwänge und Nöte genau. Auch das Vorurteil, dass sie eine Gefangene sei, verneint sie entschieden. Das sei sie nicht. «Für mich ist das die einzige Existenzform, die ich kenne.»

Sie ist zufrieden. Ihrerseits beobachtet, genügt sich sie sich beim Naschen der Bambusblätter und lebt ansonsten in einem Existenzgefühl des Hier und Jetzt.

Entstanden ist mit «Was die Elefantendame Ceyla-Himali über die Freiheit denkt» ein kluger Text über eine kluge Elefantendame, geschrieben von einer klugen, ernsthaften Autorin über ein wichtiges Thema:

Nicht nur im Lockdown. Nicht nur wegen Corona, sondern für alle, die existieren und sich die Frage nach dem gewünschten und erträglichen Mass an Freiheit immer wieder stellen müssen.

Michael Walther, Journalist, Autor, Lektor, Wattwil, 2022

Der Heilige, #MeToo und ich oder: Was ich vom Philosophen über das Suchen und Finden lernte

Im Garten des Buddha sass ich, und nach einem Telefonge-spräch war ich schlauer. Eine kleine Geschichte über das Begeh-ren eines selbsternannten Heiligen, viel spirituelles Brimborium und davon, dass die Wahrheit manchmal nackt daherkommt.

«Der Heilige», sagte der Philosoph, «der will nur Sex mit dir.»

«Der Heilige? Und Sex? Mit mir? Der doch nicht. Niemals.»

Ich sass beim Philosophen auf der Terrasse am Waldrand, das Bord fiel steil ab, unten rauschte ein Bächl

ein, Gelbmeisen und Rotkehlchen zwitscherten, die Ziegen Stink und Stunk meckerten, weil ihnen nichts Besseres einfiel, hinter den Buchen und Erlen bimmelten die Kühe mit ihren Glo-cken. Alles war perfekt. Bis auf den Satz: «Der Heilige will nur Sex mit Dir.» Der Philosoph sagte noch: «Dem geht es nicht um das Buch, das du über ihn schreiben willst. Dem geht es auch nicht um deine Person. Als Mensch interessierst du ihn nicht. Der will nur unverbindlich bumsen.» Stink und Stunk mecker-ten bestätigend: «Ja, ja. So ist es.»

«Das glaube ich nicht. Der Heilige tickt anders, der fährt nicht auf dieser Sexschiene, der hat ein spirituelles Bewusstsein, der steht über seinen sexuellen Bedürfnissen, der muss mich nicht flach legen, um sich selber zum Ritter der sexuellen Eroberung zu schlagen.»

«Warts ab», antwortete der Philosoph.

Das war im Sommer 2017. Fünfzehn Monate später sagte der Philosoph: «Ich habe es Dir von Anfang an gesagt: Der will nur bumsen.»

«Ja, der will tatsächlich nur bumsen.»

Eine Beziehung wolle er keine mehr, das sagte er bei unserem ersten Treffen. Er wollte unverbindlichen Sex, Sex ohne das ganze Zeugs von Gefühlen, Sex, rein mechanisch, ohne Interesse am Gegenüber.

Radikal anders, von Gott auserwählt

Als ich am 10. Juni 2019 mit dem Heiligen telefonierte und er sagte, jetzt sei Sommer, er habe keine Zeit für ein Interview, er müsse in den Garten, Tomaten giessen und Trichterwinden ausreissen und Holz sammeln für den Winter, er werde sich melden, falls er Zeit habe, da war für mich klar, dass ich nie mehr etwas von ihm hören werde.

Als ich das dem Philosophen erzählte, unter dem Blätterdach, am Waldrand, an einem eiskalten Gin Tonic nippend, sagte er: «Jeder muss seine Erfahrungen selber machen.» Stink und Stunk meckerten: «Ja, ja. So ist es.»

Ja, ja, ich bin dem Heiligen auf den Leim gekrochen, so wie Abertausende Menschen auf ihn hineinfielen. Seine Geschichte verbreitete sich im ganzen Land und schwappte auch in die Zeitungen von ausländischen Medien. Die Journalistinnen und Journalisten hatten ihren Heiligen gefunden, ein Film wurde gedreht und Radiosendungen produziert. Er wurde eingeladen an regionale Wirtschaftsforen, zu Diskussionsrunden zum Thema Geld, Konsum und Gesellschaft. Schulklassen pilgerten zu ihm, und er belehrte sie darüber, dass Geld nicht wichtig sei, denn der Mensch brauche nur Geld für drei Dinge: für Trinken, Essen und einen trockenen Platz zum Schlafen. Mit einer Zwanzigernote für jeden Tag komme er super gut durchs Leben, und verzichten müsse er auf nichts, das weh tue.

Ich war dem Heiligen zum ersten Mal an einem Sonntag im digitalen Netz der unbeschränkten Möglichkeiten begegnet. Ich wusste sofort, dass ich diesen Menschen unbedingt kennenlernen wollte. Ich dachte, der lebt so radikal anders, der hat sicher viel Spannendes zu erzählen. Mitte August marschierte ich zum Bahnhof, ratterte mit dem Zug zu einem anderen Bahnhof, nahm die Strasse, die rechts abbog, und auf halber Strecke sah ich einen Mann mit einer Faserpelzjacke aus den 1980-er Jahren. Ich ging auf ihn zu und fragte: «Sind Sie der Heilige?» Schweigend spazierten wir zu seinem Bauernhaus. «Das ist meine Höhle», sagte er und führte mich in die Küche. Nur spärlich fiel das Tageslicht durch das einzige Fenster. Der Heilige öffnete das Ofentürchen am Holzherd, nahm einige Holzspäne aus einem Korb, schichtete sie zu einer Pyramide auf, hielt die Flamme des Feuerzeugs an die Späne, und als diese brannten, legte er fingerdicke Spriessen aus Tannenholz auf die Flammen. Dann schloss er das Ofentürchen. Er kochte einen Kaffee in einer italienischen Espressokanne, nahm eine kleine Pfanne, stellte sie auf den Herd, goss Milch hinein, legte den Milchwächter in die Pfanne. Er setzte sich und sagte: «Ich habe lange überlegt, ob ich mich bei dir melden soll. Ich mag nicht mehr mit Journalistinnen und Journalisten reden, weil das nichts bringt. Ich kann meine Geschichte hundert Mal erzählen, ändern tut sich deswegen in der Welt doch nichts. Es wird sich nie etwas zum Positiven hin entwickeln. Alle Menschen rennen dem Geld hinterher. Geld ist eine Droge von der man immer mehr und mehr und noch mehr will.»

Aber nichts da. Alles bleibe beim Alten. Noch eine Paar Jeans und noch ein Paar Sandalen, immer mehr von allem, vom Geld, vom Erfolg, von Macht und Ruhm. «Dabei», sagte der Heilige, «ist das alles ein Haschen nach Wind, das steht schon im Alten Testament, im Buch Kohelet, alles Weltliche ist ein Haschen nach nichts.»

In den 1950-er Jahren wurde der Heilige hinausgepresst in eine Welt, die nie die seine wurde und doch so sehr die seine ist, denn ohne die Welt, so wie sie ist, könnte er nicht predigen. Ohne die Welt, so wie sie ist, hätte er kein Publikum, und wenn der Heilige jedoch etwas zum Leben brauchte, dann war es ein Publikum, das zu seinen Füssen lag und an seinen Lippen hing. Das war für ihn der Atem des Lebens. «Denn», erzählte er, als ich bei ihm in der Höhle sass und einen vorzüglichen Milchkaffee trank, «ich bin von Gott auserwählt worden, die Menschen wieder auf den richtigen, den von Gott bestimmten Pfad zurückzuführen.» Ohne Gott sei alles nichts, die Welt, der Mensch, das Leben, die Liebe, der Tod, alles nichts, denn alles sei göttlich, alles sei von Gott gegeben, der Kaffee, das Wasser, die Milch, das Feuer. Im Leben gehe es nur darum, Gott wiederzubegegnen und seine Schöpfung zu ehren. Aber was mache der Mensch, der Einfältige, der Oberflächliche, der Gedankenlose? Er hasche nach Wind, wolle mehr sein, als er ist, suche Macht und Einfluss, wolle sich einen Namen schaffen, strebe nach Anerkennung für seine Taten. Er liebe das, was er nicht lieben sollte, lasse sich blenden von falschen Perlen und billigem Katzengold. Ein Leben lang, immer nur ein Haschen nach Wind. «Kohelet sollte in der Schule gelesen werden, vielleicht würde sich dann etwas auf der Welt ändern, wenn die Kinder davon hörten, dass da jemand schon vor 2100 Jahren erkannt hatte, das Geld nichts ist, nur Lug und Trug, und dass es ein wahres Leben gab, ein Leben mit Gott als Wegweiser.» Aber eben, die Schule sei auch so ein übles Ding, da würden die Kinder abgerichtet und lernten nur eines: Sich einer Autorität unterzuordnen, nicht in Frage zu stellen, was diese Autorität vorplappere, nachmachen, was die Grossen vormachten. Im Beruf sei es nicht anders, ein Chef, der sage, was zu tun sei. Immer einer Autorität gehorchen. «Ich rede mir seit Jahren den Mund fusselig. Am Schluss bin ich nichts anderes als ein Hippie, der den Kaffee auf dem Holzherd kocht und bei Vollmond auf dem Djembe trommelt.»

Die ewige und spirituelle Seele ruft

Beim zweiten Kaffee, den wir zusammen tranken, sagte ich, ich würde gerne ein Buch über ihn schreiben. «Schauen wir mal, wie sich die ganze Sache entwickelt. Aber zuerst muss ich dir meine Welt erklären. Später können wir über das Buch reden», war seine Antwort.

Ich liess mich schon beim ersten Treffen vom Heiligen blenden. Mit dem Satz «Schauen wir mal, wie es sich entwickelt», hielt er mich ein Jahr und drei Monate bei der Stange. Bei jedem Treffen fragte ich: «Kann ich heute Aufnahmen machen?»

«Noch nicht, ich muss dir zuerst meine Welt erklären».

Seine Welt war ein Kosmos, in dem es nur ihn gab. Stundenlang dozierte er, sprach von der Dualität, von Hell und Dunkel, von Weich und Hart, von Männlich und Weiblich, von Gebend und Empfangend. Redete nicht über sein Leben, erzählte nicht davon, wie er zur Erkenntnis gekommen war, dass ohne Gott alles nichts war. Er sagte, wenn man seine Seele finden wolle, wenn man zu Gott gelangen wolle, dann müsse man die Dualität überwinden. Nur so gelange man in die Mitte, nur so werde der Mensch ganz, und nur wenn wir die Gegensätze überwänden, könne etwas Neues entstehen, und das sei dann eben die göttliche Seele – ewig, spirituell, und die sei von Anfang an da gewesen, die summe und surre seit Urzeiten durch das Universum. Alles weise eine göttliche Seele auf, der Mensch, jedes Tier, Bäume, Blumen, Himmel und Erde, jeder Regentropfen. Gott habe eben die Welt erschaffen und allem seinen Atem eingehaucht.

Mit dem Heiligen führte ich in all den Monaten kein einziges Gespräch. Beim ersten Treffen hörte ich ihm geschlagene zehn Stunden lang zu. Äusserte selber kein einziges Wort. Als ich abends um sieben fast vom Stuhl kippte, halb verhungert und nicht mehr in der Lage, nur noch eine einzige Bemerkung aufzunehmen, da sagte ich, ich müsse gehen, der Heimweg sei noch lang. Gemeinsam spazierten wir zum Bahnhof. Der Heilige umarmte mich, drei Küsschen und sagte: «Sei achtsam.» Monat um Monat grübelte ich darüber nach, was es eigentlich bedeutete, achtsam zu sein. Was Achtsamkeit war, verstand ich erst, als der Heilige sagte, jetzt sei Sommer, er habe keine Zeit. Da begriff ich, was Achtsamkeit war. Achtsam sein heisst, sich von einer Vorstellung zu lösen und das anschauen, was wirklich da ist. Nach unserem letzten Telefongespräch erschaute ich den Heiligen nicht mehr als weisen Menschen, sondern als einen Mann, der nicht damit klarkam, dass ich Nein gesagt hatte.

Alles war mystisch, alles war heilig

Der Heilige beklagte sich immer darüber, dass sich der Mensch, der Oberflächliche, der Gedankenlose, der Einfältige von falschen Perlen und billigem Katzengold blenden liess. Ich liess mich blenden von einem Holzherd. Liess mich beeindrucken von einem alten geflochtenen Korb, gefüllt mit Scheitern. Liess mich betören von einem tibetischen Buch über das Leben und Sterben, das auf dem Buffet lag. Liess mich fesseln von einer Avocado, zwei Bananen und einer Cresta-Schokolade, die in einer Schüssel auf dem Tisch lagen. Alles war mystisch, alles war heilig. Liess mich blenden von den Küchenschränken, die mindestens schon sechzig Jahre da standen. Liess mich täuschen davon, dass es im Bad nur eine Zahnbürste, Zahnpasta und ein Duschmittel gab. Liess mich einwickeln von dem Draht, der vom Küchenbuffet zur Wand gespannt war, Garderobe und Wäscheleine zugleich. Liess mich bestechen von dem uralten Küchentisch aus Nussbaumholz, wurmstichig und voller Brosamen. Liess mich gefangen nehmen von dem dunklen Parkett, das der Heilige auf einer Baustelle in einer Mulde gefunden hatte und damit den Küchenboden ausgelegt hatte. Liess mich einlullen von der Gitarre, die er zwischen Abfallsäcken am Strassenrand gefunden hatte. Liess mich von der braunen Hose mit den Flecken hinreissen. Liess mich von dem Pullover mit dem faustgrossen Loch bezirzen. Liess mich von den Schuhen mit den Rissen einnehmen. Ich liess mich noch so gern blenden, denn ich dachte, das wird etwas Gutes, wenn ich ein Buch über den Heiligen schreibe. Ich brauchte mehr als ein Jahr und ein letztes Telefon mit ihm, viele Gespräche mit dem Philosophen, viel eisgekühlten Gin Tonic, das kritische Gemecker von Stink und Stunk, bis ich begriff, dass der Heilige ein Blender war. Er inszeniert sich mit Klunkern und billigem Narrengold auf der Bühne seines Kosmos. Aber eines war gewiss: Die abertausend Menschen, all die Journalistinnen und Filmemacher, sie liessen sich genau so gerne verzücken wie ich. Sie klatschten ihm Beifall, so wie ich. Der Heilige bekam das, was er so dringend zum Leben brauchte: Aufmerksamkeit. Achtsamkeit. Beachtung. Ohne die ganze Show, ohne Lametta und ohne Wunderkerzen, wäre er nur einer unter vielen, würde in der Masse absaufen wie ein leckes Ruderboot, würde sinken wie ein Stein, der nach drei Mal Hüpfen auf den Grund des Sees taumelt.

Sie kosteten jedes Wort wie Nektar

Der Heilige wurde von Gott auserwählt. Das kam so. In einem fernen, fremden Land, abends, buddelte sich der Heilige an einem Strand in den warmen Sand. Wilde Hunde scharten sich um ihn, die Sterne funkelten, die Wellen murmelten, der Mond wachte durch die Nacht. Da wusste der Heilige: Er hatte es gesehen, mit der Welt, den Menschen, dem Leben, der Liebe. Er war bereit zum Sterben, wollte gehen, und er ging. Als er davonschritt, auf das Ende zu, da begegnete er Gott und Gott sagte: «Sorry, viel zu früh zum Abtreten. Kehr zurück und predige den Menschen vom Verzicht, mach ihnen klar, dass alles Streben nach noch mehr nichts Weiteres ist als ein Haschen nach Wind.»

So kehrte der Heilige zurück, schüttelte sich den Sand aus den Kleidern und folgte seiner göttlichen Bestimmung. Er wurde ein Berufener, ein Apostel, ein Missionar. Wollte die Menschheit retten, Gottes Auftrag erfüllen, und zu Tausenden kamen sie in den Garten mit dem Pflaumenbaum, sassen zu seinen Füssen, lasen von seinen Lippen, kosteten jedes Wort wie Nektar. Er fütterte die Menschen mit Götterspeise, machte sie besoffen mit seinem Göttertrank. Auch mich. Im Nachhinein fragte ich mich: Warum habe ich ihm noch willig geholfen, sich zu inszenieren? Warum lauschte ich stundenlang seinen Monologen? Weshalb getraute ich mich nicht, ihm Fragen zu stellen? Weil der Heilige sich nicht nur als von Gott berufen inszenierte. Er stellte sich auch als spirituelle Autorität dar. Nichts Anderes wollte er sein, eine Autorität, die weiss, was im Leben wirklich zählt. «In jedem Augenblick gegenwärtig sein», dozierte er, «in jedem Augenblick mit der ewigen und spirituellen Seele verbunden sein, damit wir, wenn unsere Zeit gekommen ist, ohne Angst und mit frohem Herzen den letzten Atemzug machen können, ein letztes Mal ein und aus, und dann werden wir von der irdischen Knechtschaft befreit und kehren wieder dorthin zurück, wo wir einst hergekommen sind – ins unendliche Universum, zu Gott und nur darum geht es. Gott ist alles, und ohne Gott ist alles nichts.»

Als der Heilige und ich uns das zweite Mal trafen, besuchte er mich am Bielersee. Auch diesmal wollte ich Aufnahmen machen, doch er sagte, wir müssten zuerst darüber reden, was für ein Buch wir herausgeben wollten. Ich sagte, ich würde gerne seine Geschichte aufschreiben, und er sagte, seine Geschichte sei nicht interessant, viel bedeutender wäre es, wenn ich aus meiner Perspektive über die Begegnung mit ihm schreiben würde. Zudem wäre es für ihn – und das Publikum – wichtig, zu erfahren, wie sich mein Leben durch die Begegnung mit ihm verändert habe. Mein Leben gebe nichts her, und mein Leben werde sich durch die Begegnung mit ihm nicht verändern, wandte ich ein. «Schreib trotzdem über unser Zusammentreffen. Ich möchte von dir erfahren, ob sich nicht doch etwas Grundlegendes verändert. Ich möchte darüber lesen, wie sich deine Spiritualität entwickelt.»

Der Heilige erzählte mir eine Geschichte, und die ging so: Einmal nahm er an einem Tanz- und Singworkshop teil. Die Frauen legten die Arme um die Schultern ihrer Partnerinnen links und rechts und bildeten so den inneren Kreis. Die Männer umfassten sich auch bei den Schultern und bildeten den äusseren Kreis. Dann tanzten die Männer im Uhrzeigersinn und die Frauen tanzten gegengleich. Der Heilige stand auf, hob die Arme an und begann sich in den Hüften zu wiegen, übte kleine Tanzschritte aus. Er fing zu singen an, und ich hoffte, dass meine Nachbarn nicht zu Hause waren. Er fasste nach meinen Händen, zog mich vom Stuhl hoch und sagte: «Tanz auch!» Doch ich bewegte mich nicht. So stand ich da, schaute ihm zu, und während er noch tanzte, sagte er: «Dann haben wir uns von Herz zu Herz begrüsst.» Er legte die Arme um meinen Oberkörper, zog mich ein bisschen zu sich heran und sagte: «Mein Herz grüsst dein Herz. Und jetzt du.» Gehorsam sagte ich: «Mein Herz grüsst dein Herz.» Ich setzte mich auf meinen Stuhl. Da holte der Heilige ein langes Tuch aus seinem Rucksack, schlang es um seine Hüften und begann, sich die Hose und die Socken auszuziehen. «So, jetzt fühle ich mich wie zu Hause.»

Ich fand das grenzwertig und gewöhnungsbedürftig, sagte aber nichts. Dann sprachen wir geschlagene fünf Stunden über das Wie und Was des Buches. Nein, ich würde nicht über mich schreiben. Er habe die interessanten Dinge erlebt, sei als Reisender unterwegs gewesen, habe fremde Länder entdeckt und mit fremden Menschen gelebt. Er habe sich mit den verschiedenen Religionen beschäftigt. Darüber würde ich gerne schreiben, weil sein Leben aussergewöhnlich sei. Sein Leben sei doch langweilig, gab er zurück und beharrte darauf, dass es um die Begegnung mit ihm gehe und was sich bei mir verändere.

Als ich nach diesem Treffen den Philosophen besuchte, sagte ich: «Der Heilige sagt, ich müsse ein Buch darüber schreiben, wie ich die Begegnung mit ihm erlebe und was sich bei mir dadurch verändert habe.» Der Philosoph erwiderte: «Er will dir schmeicheln. Er will dich zur Protagonistin machen, die über eine unglaubliche Begegnung mit ihm als Guru berichtet.»

«Er ist nicht mein Führer, und ich habe nicht den Eindruck, dass er sich als Guru aufspielt.»

«Warts ab», sagte der Philosoph. Stink und Stunk meckerten: «Ja,ja. Du kriechst ihm auf den Leim.» Ich nippte an meinem eisgekühlten Gin Tonic.

Der Philosoph fragte: «Warum sollte er sich stundenlang Zeit nehmen, um dir sein Weltbild zu erklären? Er ist ein Egomane. Er nimmt sich als einer wahr, der mehr über Gott und das Leben weiss. Das ist alles nur Schau. Er setzt sich als einer in Szene, der über den vergänglichen Dingen des Lebens steht. Mit zwanzig Franken pro Tag durchs Leben kommen? Damit verkündet er die Botschaft: Ich habe die irdische Welt und die niedrigen Bedürfnisse überwunden. Ein schönes Haus besitzen? Mir neue Kleidung kaufen? Jeden Tag zur Arbeit gehen und acht Stunden lang Geld verdienen? Er doch nicht. Er hat sich von den Fesseln der irdischen Knechtschaft befreit. Er hat ein höher entwickeltes Bewusstsein als normal sterbliche Menschen.»

«Ich sehe das überhaupt nicht so. Für mich ist er ein Mensch, der das lebt, was er sagt: Geld und Ruhm und Macht und Ehre sind nichts Weiteres als ein Haschen nach Wind.»

«Mit diesem Nichthaschen nach Wind macht er sich interessant. Da kommt einer und sagt: Hört, ihr alle, die jeden Tag für Geld arbeiten gehen, ihr alle seid auf dem Holzweg, denn das Geld, das ihr erwerbt, knechtet euch noch mehr, ihr werdet immer mehr und noch mehr wollen, weil ihr euch der Illusion hingebt, dass Geld und Konsum euch Freiheit schenken. Die wahre Freiheit, und darum geht es dem Heiligen, besteht nur dann, wenn wir ausserhalb des Geldsystems leben, wenn wir nicht mehr anstreben als Essen, Trinken und einen trockenen Platz zum Schlafen.»

«Aber es ist doch wirklich so, dass wir alle dem Geld hinterherrennen. Das ist doch Teil unserer Show, uns als Konsumenten zu inszenieren, damit wir den anderen Menschen verklickern können: Ich gehöre dazu, ich bin Teil dieser Welt. Der Heilige ist eben einer, der das Spiel durchschaut hat und der nicht mehr mitspielt in diesem Theater.»

«Und du bist davon überzeugt, dass er deshalb ein besserer Mensch ist?», wollte der Philosoph wissen.

«Ja, und ich stehe dazu, mir macht er Eindruck. All das, was er erzählt, finde ich inspirierend. Die ganze Sache mit der Überwindung der Dualität, dem Finden der eigenen Mitte, der Seele begegnen, Gott in sich selber entdecken und dass er das eben lebt, was er sagt. Er lebt bescheiden, weil er den Planeten nicht plündern will. Er will nur das an Ressourcen verbrauchen, das ihm wirklich zusteht. Mir macht es Eindruck, wenn einer kommt und sagt: Mir reichen alte Kleider, und wenn ich etwas Schönes und Aussergewöhnliches erleben will, gehe ich in den Wald und meditiere. Er ist ein selbstzufriedener Mensch.»

«Hast du dir auch schon überlegt, was er ohne Publikum wäre? Wenn er wirklich so selbstzufrieden wäre, wie er sich aufspielt, warum lebt er dann nicht still und leise vor sich her? Warum will er die Menschen dann bekehren? Warum verkündet er sein eigenes Evangelium? Weil das Publikum für ihn das tägliche Brot ist. Ohne das ehrfurchtsvolle Nicken der Menge und ohne ihren Applaus wäre der Heilige ein Nichts. Damit kommt er nicht klar. Der Mensch ist nicht mal ein i-Tüpfchen im grossen Getriebe der Welt. Der Heilige will zu jenen gehören, die ihre Fussstapfen auf dem Weg hinterlassen. Er will durch das Sterben nicht in Vergessenheit geraten. Er arbeitet an seiner Unsterblichkeit. Er will ewig leben. Er führt sich als Jesusnachfolger auf. Aber in Tat und Wahrheit ist er einer, der nur um Aufmerksamkeit buhlt, einer, der angehimmelt werden will, einer, dem das Publikum die Füsse küsst, und einer, den alle für seine Pseudoweisheiten verehren. Und», sagte der Philosoph, «mich erstaunt es schon sehr, dass du ihm die ganze Show abkaufst.»

«Tja, ich steh dazu, dass mich der Heilige beeindruckt.»

Danke, danke, du Weiser

Etwa ein Jahr später begriff ich, warum er verlangte, dass ich aus meiner Perspektive schrieb. Mit den Worten «Jetzt bist du soweit» gab er mir ein Buch zu lesen. Es war die Geschichte einer Frau, die von der Begegnung mit ihrem geistigen Lehrer erzählte. Sie schrieb sehr viel, das Buch war geschlagene 1100 Seiten dick. Ich las nur die ersten fünf Seiten, dann reichte es mir. Ich fand das Buch furchtbar langweilig und grottenschlecht geschrieben. Aber jetzt war mir klar, warum sich alles um mich drehen sollte. Weil der Heilige wollte, dass er zu meinem Meister wurde, dass die Begegnung mit ihm der Dreh- und Angelpunkt in meinem Leben wurde, weil er mir zu einem höheren Bewusstsein verhalf.

Als ich das letzte Mal mit ihm telefonierte, nachdem ich lange über die ganze Geschichte nachgedacht hatte, kam ich zum Schluss: Ein Guru wollte er sein und nichts Anderes. Einer, der andere Menschen darüber belehrte, wie sie zu Weisheit und Erleuchtung gelangen konnten. Aber irgendwie habe ich es nicht so mit den Lehrmeistern. Ich war bisher nie und war auch in diesem Moment nicht auf der Suche nach spiritueller Führung.

Trotzdem begann ich, als ich den Heiligen ein Jahr kannte, mit einer Art Meditation. Wenn ich im Wald am Nordicwalken war, sagte ich mir immer: Konzentriere dich auf das Atmen. Ein, aus, ein, aus. Spüre das Ein- und Ausströmen des Atems zwischen Nase und Oberlippe. Davon sprach der Eremit immer. Dass der Atem das Wichtigste sei und dass es im Leben nur darum gehe, zu atmen und sich bewusst zu werden, dass die Luft ein- und ausströmt. Ich versuchte es immer und immer und immer wieder. Aber ich fand das total anstrengend, dieses Fokussieren auf den Atem.

Bei unserer ersten Begegnung sprach er stundenlang über die Kunst des Atemschöpfens. Er wollte mir auch ein Buch darüber mitgeben, doch ich wollte es nicht lesen, weil ich all die Bücher über Meditation, Atem oder Achtsamkeit komplett mühsam und langweilig finde. Ich studierte dann doch vier seiner Bücher, war so gehorsam wie einst in der Schule, erledigte die Hausaufgaben, biss die Zähne zusammen und quälte mich durch die tausend Seiten.

Ich habe bis jetzt noch nicht herausgefunden, warum ich all das, was mit Meditation, mit Atem und mit Achtsamkeit zu tun hat, so unglaublich langweilig finde. Aber ich finde keinen Draht zu diesen Themen.

Auch mit Stillsitzen und Meditieren habe ich es versucht. Ich beschloss, zwanzig Minuten pro Tag in mich zu gehen. Ich schöpfte bewusst Atem und überlegte, was ich heute noch alles erledigen sollte: die Steuererklärung ausfüllen, die Wohnung staubsaugen, den Abfallsack in den Container werfen, Kleider waschen. Alle dreissig Sekunden sagte mein Hirn: Stopp! Du sollst dich nur auf den Atem konzentrieren, und dann begann ich wieder von vorn, Einatmen, Ausatmen, Einatmen, Ausatmen.

Der Heilige sagte immer: «Wenn du meditierst, dann lass die Gedanken ziehen wie Wolken am Himmel.» Aber meine Gedanken türmten sich über mir auf und wollten einfach nicht weiterziehen. Ich versuchte es einen Monat lang, nur zu atmen und die Gedanken ziehen zu lassen, keinen Einkaufszettel schreiben, nur ein- und ausatmen, das Bett nicht frisch anziehen, einatmen und ausatmen, das Badezimmer nicht putzen, einatmen, ausatmen. Nach einem Monat sagte ich zum Heiligen: «Geht nicht: Meditieren und Atmen. Geht nicht.»

«Du musst einfach immer üben und üben und üben.»

«Aber ich verstehe nicht, warum ich das machen soll.»

«Damit du deinen Geist klären kannst, damit dein Geist Ruhe findet, denn nur dann, wenn dir dies gelingt und du nicht mehr ständig herum rennst und noch dies und jenes machen oder erledigen willst, nur wenn du dich mit deinem Geist vereinen kannst, dann wirst du die Dualität überwinden und zu deiner Mitte gelangen. Es gibt nur eines, was im Leben zählt, nur etwas, worauf der Mensch fokussieren soll: auf den Augenblick, auf das Hier und Jetzt. Nicht auf das Nächste, was du noch erledigen musst, und nicht auf das, was in der Vergangenheit geschehen ist. Nicht auf das, was in einer Woche sein wird. Nur das Hier und Jetzt ist wichtig. Wenn du Geschirr spülst, dann spüre das warme Wasser an deinen Händen. Wenn du kochst, konzentriere dich auf die Form der Linsen und das sprudelnde Wasser mit dem Reis. Wenn du deine Pflanzen giesst, betrachte die Form der Blätter und die Blütenfarben. Bist du im Wald, sieh nur die Bäume und den Himmel. Sei immer im Hier und Jetzt, und lass es nicht zu, dass dein Geist wie ein durchgebranntes Pferd von einem Gedanken zum nächsten galoppiert. Bleib im Hier und Jetzt, und du wirst eine grosse und tiefe Zufriedenheit erfahren. Und je mehr du diese Zufriedenheit spürst, desto bewusster wirst du leben.»

Ich versuchte es auch mit der Achtsamkeit, und was mir dabei auffiel, davon wollte ich dem Heiligen berichten. So schilderte ich ihm, dass es in jeder Zeitung und in jeder Zeitschrift nur zwei grosse Themen gebe: Stress und Smartphone. Überall läse ich, dass der Mensch in seiner ganzen Existenzgeschichte noch nie so gestresst gewesen sei wie heute, weil er nur noch klicke und wishe und like, weil er davon überzeugt sei, auf allen Foren präsent sein zu müssen. Würde er sein Smartphone mal für einen Tag zur Seite legen, dann hätte der Mensch Entzugserscheinungen. Aber der Heilige interessierte sich nicht für meine Beobachtungen. Er ging gar nicht auf das ein, was ich ihm erzählte. So war das in den fünfzehn Monaten, in denen ich mich mit ihm traf. Die erste Stunde unserer Treffen nannte er «Smalltalk», ein bisschen plaudern. Erst viel später, acht Monate nach dem letzten Telefonat mit ihm, wurde mir klar, dass wir kein einziges Gespräch geführt hatten. In der ersten Stunde redete er über die Lage der Welt, über die Politik, er sprach davon, was er bei einem Kaffee im Restaurant in der Zeitung gelesen hatte. Er führte aus, was er im Radio gehört hatte. Aber er fragte nie: «Wie geht es dir? Was machst du so?»

Er interessierte sich nur für das, was in seinem Kopf war und was er sagte. Ich fühlte mich neben ihm so klein und bedeutungslos wie eine Ameise in einem Insektenstaat. Auf mich kam es nicht an. Ich war nicht viel mehr als eine Wasserträgerin, eine Dienerin, die zu Füssen des Meisters kauerte und an seinen Lippen hing.

In all den Monaten, seit dem letzten Telefongespräch mit dem Heiligen, da dachte ich immer wieder, er wolle genau das sein, was er so sehr verurteilt – an der Schule, am Arbeitsplatz, an der Politik, am Leben schlechthin. Er will eine Autorität sein, und jede seiner Aussagen, jeder Gedanke soll mit Gold aufgewogen werden, und bei jeder Mitteilung und bei jedem geäusserten Gedanken erwartet er ein ehrfurchtsvolles Nicken und ein bestätigendes Ja, so ist es.

Ich aber bereitete ihm die Bühne für seine Show. Ich war eine willige und vor allem eine stumme Zuhörerin und widersprach ihm nie. Ich sammelte die Worte und dachte, mit all dem gibt es ein gutes Buch über den Heiligen. Er sprach auch oft über die Menschen und den Lauf der Weltendinge. Alles sei aus dem Ruder gelaufen, weil der Mensch immer im «Aussen» sei, in der Aktivität, im Machen und Rennen und Hetzen und Eilen. Nie gelange der Mensch zur Ruhe, eben immer mehr und mehr und noch viel mehr. «Dabei», das sagte er immer wieder, «tragen wir alles in uns, was wir zum Leben benötigen. Nur in unserem Inneren werden wir Gott finden. Nur wenn wir unsere Aufmerksamkeit auf unser Inneres richten, auf unsere Gedanken und nur, wenn wir auf unseren Atem fokussieren können, bloss dann werden wir zur Ruhe kommen und erfahren, dass alles Streben nach Ruhm, Geld und Anerkennung nichts Weiteres ist als das Haschen nach Wind.»

Ich hatte stets nur genickt und «Ja,ja» gesagt, «so ist es».

Der Heilige spielte vor allem eine einzige Rolle, und die ist ihm auf den Leib geschneidert: Die Rolle des Weisen, der alles gesehen hat, der alles geprüft hat, so wie Kohelet im Alten Testament. Alles empfand er als zu leicht. Alles verwarf er. Nach Wind haschte er nicht. Er strebte nach Nichts und war zufrieden. Befriedigt davon, dass alle ehrfurchtsvoll nickten. Und satt, dass auch ich eine willige Wasserträgerin war, die seine Worte hinaus in die Welt tragen und ihm dann, früher oder später, danken würde, denn ohne ihn hätte ich mein Leben mit der ganzen Oberflächlichkeit weitergelebt. Durch ihn hätte ich den tieferen Sinn des Lebens gefunden. «Ja, mein Meister, du hast mich zu Einsicht geführt und zur Umkehr bewogen. Danke. Danke, du Weiser.»

Erst nach dem abschliessenden Telefongespräch begriff ich die Show. Alles war nur ein cleveres Schauspiel, weil der Heilige nur auf etwas abzielte: Er wollte, dass ich ihn zu meinem Guru erkor und seine Jüngerin würde. Hätte er beim letzten Telefongespräch nicht gesagt, er habe gerade keine Zeit, hätte er diese Ausrede nicht gebracht, ich würde heute noch zu seinen Füssen sitzen und jedes Wort auffangen wie eine Durstende, die jeden

Tautropfen fängt, um den Drang nach Einsicht und Weisheit zu stillen. Halleluja und Amen.

Prinz, Gottessohn, Adler

Wie so oft sassen wir im Garten, die Sonne meinte es gut mit uns, der Apfelbaum eine Braut, mit Tausenden Blüten geschmückt. In der Ferne leuchteten die Rapsfelder, Kühe weideten auf der Wiese. Es war Frühling, schöner hätte der Tag nicht sein können, als ich den Heiligen fragte, worum es im Leben gehe. Da erzählte er die Geschichte vom kleinen Prinzen, der jeden Tag mit einer goldenen Kugel spielte. Auch seine Eltern erfreuten sich an seinem Spiel. Doch eines Tages rollte die Kugel davon, auf Nimmerwiedersehen. Der kleine Prinz trauerte, ging untröstlich zu Bett und seine Eltern konnten ihn auch nicht beruhigen. Doch am nächsten Morgen erwachte der kleine Prinz voller Freude. Er sagte zu seinen Eltern: «Ich habe die goldene Kugel nicht verloren, ich bewahre sie in meinem Herzen.»

Aus dem kleinen Prinz wurde ein grosser, ein Gottessohn, und so war für ihn die Zeit gekommen, in die Welt hinauszuziehen. Als er seinen Eltern Adieu sagte, mahnten sie ihn, er solle die goldene Kugel immer in seinem Herz bewahren. Dann werde er auch sie, Vater und Mutter, nie vergessen.

Der Prinz, der Gottessohn, marschierte los, gelangte in einen dichten und sehr dunklen Wald, schritt immer weiter voran, doch der Wald wurde nicht lichter. Am Ende eines Tages sah er ein Leuchten zwischen den Bäumen. Als er näher kam, erblickte er ein kleines Haus. Müde und durstig klopfte der Gottessohn an die Tür. Ein alter Mann mit schlohweissem Bart öffnete ihm. Der Gottessohn setzte sich, der Alte brachte Speis und Trank. Dann bereitete er ein Nachtlager für den Gottessohn. In dieser Nacht träumte er von einer Prinzessin, die von einem Drachen bewacht wurde. Am Morgen fragte ihn der alte Mann, wohin er den wolle. Der Gottessohn antwortete, er müsse die Prinzessin befreien. Da holte der alte Mann ein goldenes Schwert aus einer Truhe und sagte: «Mit diesem Schwert kannst du jede Türe öffnen.»

Er wünschte dem Gottessohn viel Glück auf seinen Wegen, und so zog dieser los, die Prinzessin zu befreien. Es dauerte nicht lange, da trat der Gottessohn aus dem Wald, stieg einen Hügel hinauf und gelangte zu einem Schloss.

«Was willst du hier?», fauchte ihn der Drache an.

«Ich befreie die Prinzessin.»

«Dann musst du mich im Kampf besiegen.»

Der Gottessohn zog sein goldenes Schwert, kämpfte mit dem Drachen, und als dieser wehrlos am Boden lag, wollte ihm der Gottessohn den Todesstoss versetzen. Doch der Drache rief: «Bitte lass mich am Leben, ich will dein Diener sein!»

Die Prinzessin eilte aus dem Schloss, setzte sich neben den Gottessohn in die Kutsche. Der Drache galoppierte los, um die beiden ins Reich der Prinzessin zu führen. Schon bald versperrte ihnen ein weiterer Drache den Weg und wollte die Prinzessin rauben. Da zog der Gottessohn erneut sein Schwert, und als auch dieser Drache niedergerungen war, rief er: «Bitte lass mich am Leben, ich will dein Diener sein!»

Die beiden Drachen preschten los, und schon bald erreichten sie das Reich der Prinzessin. Aber es war kein prächtiges Schloss mit livrierten Dienern und folgsamen Zofen, sondern ein Hühnerhof, ein ganz gewöhnlicher Hühnerhof, mit Hennen, die den ganzen Tag nichts anderes taten als gackern und Körner picken. Je länger der Gottessohn in diesem Hühnerhof lebte, um so mehr verblasste die Erinnerung an das Spiel mit der goldenen Kugel. Auch seine Eltern vergass er. Aus dem Gottessohn wurde ein gewöhnliches Huhn, das gackerte und nachts auf der Stange im Hühnerhaus hockte.

Da erinnerte sich der Gottessohn plötzlich an eine Zeit, bevor er ein kleiner Prinz war. Er entsann sich, dass er in einem früheren Leben einmal ein Adler gewesen war, der König der Lüfte, und wenn er fortan tagsüber nach Körnern pickte, suchte er nach einer Lücke im Zaun. Er wollte fort von diesem eintönigen Leben, von diesem Leben ohne Sinn. Er wollte nicht mehr bei den Hühnern bleiben, weil ihm das nun so unendlich langweilig vorkam. Eines Tages, um die Mittagszeit, fand er ein Loch im Gehege, zwängte sich durch, und da verwandelte er sich wieder in einen Adler, breitete seine Schwingen aus und wurde wieder der König der Lüfte.

Ich fragte den Heiligen, wie ich die Geschichte verstehen müsse. Er erwiderte: «Auch ich habe in diesem Hühnerhof gelebt, in diesem täglichen Einerlei, aus Arbeit, Rennen, Haschen und Tun. Aber ich wusste, dass ich einmal ein Adler war und dass ich als kleiner Prinz aufwuchs, der mit einer goldenen Kugel spielte. Aber im Hühnerhof vergass ich das alles. Als ich mich aber wieder an diese Zeiten erinnerte, hatte ich das Glück, durch eine Lücke im Hühnergehege in die Freiheit zu entkommen.»

Ich erzählte die Geschichte dem Philosophen, und er meinte, es passe sehr gut zum Heiligen, dass er sich als kleiner Prinz, dann als Gottessohn und als Adler beschreibe.

«Aber waren wir nicht alle einmal der kleine Prinz? Sind nicht auch wir Gottessöhne, die in die Welt hinausziehen und gegen Drachen kämpfen? Leben wir nicht alle im Hühnergehege, in unserem täglichen Einerlei aus Arbeit, Rennen, Haschen? Und haben wir nicht alle den Wunsch frei zu sein, so wie der Adler?»

«Nein, ganz sicher nicht», protestierte der Philosoph. «Der Heilige erzählte dir die Geschichte, weil er sich als Gottessohn betrachtet, weil er sich als Auserwählter sieht. Er fühlt sich berufen, sich als Adler über die ordinären Hühner hinwegzuschwingen. Gott schickte seinen Sohn, damit dieser von der Liebe Gottes berichtet und Zeugnis ablegen kann, dass Gott es gut mit uns Menschen meint. Wenn der Heilige sich als Gottessohn bezeichnet, dann steckt da ziemlich viel Grössenwahn und ein ungesunder Geltungsdrang dahinter. Solche Spinner gibt es immer wieder. Sie behaupten, in direktem Kontakt mit Gott zu stehen, Gottes Anweisungen zu folgen und den Menschen predigen zu müssen, wie sie ihr Leben verbringen sollten. Als selbsternannter Gottessohn braucht er eine Zuhörerschaft. Und du bist eine dankbare Zuhörerin, weil du jedes Wort für bare Münze nimmst.»

«Ich finde die Geschichte noch nett», wandte ich ein, «denn am Schluss sagte der Heilige noch: ‹Wir ringen mit den Drachen, wir kämpfen uns von Raum zu Raum, bis wir Erleuchtung erlangen. Darum geht es im Leben doch, sich weiterzuentwickeln, neue Horizonte zu entdecken und neue Wege zu beschreiten.›»

«Ich wundere mich sehr darüber, dass du alles so hinnimmst, wie der Heilige es erzählt. Hast du auch schon darüber nachgedacht, dass er nichts anderes als ein Kulissenbauer ist, einer, der Tag und Nacht an seinem Bühnenbild arbeitet, damit er sich im strahlenden Licht als ein Wiedergeborener zeigen kann? Er macht doch nichts anderes, als sich selber den roten Teppich auszurollen. Rein alles, was die anderen Menschen tun, ist für ihn nur Kinderkram. Er kommt nicht klar mit der unerträglichen Gewöhnlichkeit eines durchschnittlichen, weniger strahlenden Lebens. Der Heilige, das habe ich dir von Anfang an gesagt, ist ein Blender. Und, auch das wollte ich dir schon oft klarmachen, er ist genauso ordinär wie die Hühner im Stall. Und er will nur Sex mit dir. Er will dich nur zu seiner Sammlung der sexuellen Eroberungen hinzufügen, eine weitere Jagdtrophäe, mehr bist du nicht für ihn.»

Ich nippte an meinem eiskalten Gin Tonic. Wir sassen im Schatten des Blätterdachs, und Stink und Stunk meckerten: «Ja, ja. Eine sexuelle Eroberung. Mehr bist du nicht.»

Mitunter, wenn ich meine Scheuklappen abstreifte, sah ich den Heiligen nicht als Gottessohn, sondern als einen manischen

Plauderer. Alles Gold, das Silber und die Edelsteine, alle Weisheiten, die Einsichten und endlosen Erläuterungen über die Dualität und die Mitte, die man finden müsse, um im Gleichgewicht zu leben, sie waren nichts Anderes als eine Kulisse.

Der Heilige sagte oft, er interessiere sich für das, was hinter dem Bühnenbild ablaufe. Denn wenn die hinten nicht wären, dann könnten die vorne nicht spielen. Ich brauchte lange, bis ich begriff, dass ich für den Heiligen nichts anderes als eine Requisite darstellte, postiert auf seiner Bühne. Indem er sich mit mir traf, machte er mich glauben, dass es etwas werden würde mit dem Buch. Er hätte es mir von Beginn weg sagen können: «Only Sex».

Warum das spirituelle Brimborium? Der Heilige war ein Täuscher. Das Geschwafel vom kleinen Prinzen, der goldenen Kugel, der Kampf mit den Drachen, die Verwandlung in einen Adler, all dieses Lametta und diese sprühenden Wunderkerzen, nichts Anderes als ein Vorspiel, nur die Vorbereitung darauf, mir die Hose runterziehen zu können.

Als ich begriff, dass der Heilige keine Zeit mehr hatte, weil ich mir die Hose nicht ausziehen liess, war das hart, und sechs, sieben Monate lang konnte ich es kaum fassen, dass er auch so einer war, der die Frauen in zwei Kategorien einteilte: sexuell verfügbar oder eben nicht sexuell zu verfügen. Und ja, ich hatte hin und her überlegt, ob ich ihn einmal anrufen und fragen solle, warum er nie mehr etwas von sich hören liess. Ich sei, würde er antworten, als Journalistin nicht geeignet, um dieses Buch zu schreiben. Zu wenig kompetent, ein Schreiberling, der es an Erfahrung fehle, um ein solches Projekt zum Erfolg zu bringen. Er wäre nicht der erste Mann, der mich als miese Kritzeltante bezeichnet, weil es keinen Sex gab.

Philosophisch gärtnern und ein bisschen zupfen

Der Heilige besass einen Garten, der auf den ersten Blick vollständig verwildert aussah. Erst im Wechsel der Jahreszeiten erkannte ich die Form und die Struktur der Anlage. In meiner unglaublichen Naivität nannte ich das Landstück den «Garten des Buddha». Im Frühjahr kleideten sich der Apfel- und der Zwetschgenbaum in üppige weisse Spitzen. Es besass schon etwas sehr Erhabenes, unter diesem Blütendach zu weilen und seinen langen Reden mit dem tieferen Sinn zu lauschen. Flusssteine säumten hier und dort die Wege, Lavendel und Rosmarin legten ihre Mäntelchen auf die sonnenwarmen Steine. Ich strich jeweils mit den Fingern durch die Zweige, und das Leben duftete plötzlich nach Einsicht und Erkenntnis.

Auf einem winzig kleinen Teich glitzerten die sattgrünen Algen wie Pailletten eines Ballkleids. Früher einmal war der Garten eine Löwenzahnwiese gewesen, und mit buddhistischer Geduld zupfte der Eremit den Löwenzahn aus, schaffte Platz für die orangen Lilien und die blaue Akelei, riss die Ackerwinde aus, weil sie die anderen Pflanzen erwürgte, zupfte Gräser aus, damit die Blüten sich entfalten konnten und mehr Licht bekamen. Im Garten gab es keine exakt abgetrennte Beete und Wege. Die Flusssteine verbargen sich oft zwischen den Gräsern und Blumen wie kleine Inseln.

Als der Frühling in den Sommer überging, erschloss sich mir die Struktur und der Sinn der Anlage. Alle Gärten, die ich bis dahin gesehen hatte, hatten einen Nutzen zu erfüllen, Gemüse zu produzieren und einen Strauss Blumen herzugeben, für den Esszimmertisch, neben dem Kuchen, wenn Gäste kamen. Doch der kleine Park des Heiligen erfüllte keinen Nutzen. Es gab kein Gemüse, ausser den Tomaten, die in Töpfen an der Hauswand aufgereiht waren. Die Sonnenblumen wuchsen dort, wo der Wintersturm die Samen hingestreut hatte, nahmen ein Stück Erde für ihre Wurzeln. Im Sommer streckten sie ihre Köpfe dem Heiligen entgegen. Auch sie lauschten wohl seinen Worten, so wie ich sie erhörte, und wie ich ohne selbst ein Wort beizusteuern, eine Frage zu stellen, voller Andacht. Die Sonnenblumen und ich waren Kulissenstücke im Anwesen des Buddha. Ich stehe dazu: Hätte ich die Löwenzahnwiese als solche gesehen, einfach als ein Stück Wiese, die ein bisschen gebändigt worden war, dann hätte ich den Heiligen nicht so extrem verklärt.

Er wachte nicht mit militärischem Drill über Stangenbohnen, Kopfsalat, Fenchel, Petersilie, Ackerwinde, Brennnessel und Katzenschwanz. Wachsen lassen, beobachten und da und dort ein Gräslein auszupfen – für mich war er ein Weiser, der den Garten in die Mitte brachte, das Schöne suchte und das Unkraut nicht hässlich nannte, sondern wie kleine Kompositionen stehen liess: Spitzwegerich zwischen Steinen, Brennnesseln am Rand des Teichs, Katzenschwanz, ein Büschel Löwenzahn, da und dort Bärentatzen, hier ein Biotop mit Schilf und einer Kröte, die sich gerne von der Sonne wärmen liess. Bienen und Libellen, die dazu summten.

Wenn wir so dasassen, an der Hauswand in der Sonne, den Garten betrachtend, dann dachte ich oft: Mit dem Heiligen zusammenzusein ist schon besonders. Wer hatte heute noch Zeit für stundenlange Gespräche? Nein, nicht Gespräche, das musste ich mir im Nachhinein eingestehen, es waren Monologe, Belehrungen eines geistigen Meisters. Ich dachte tatsächlich, von ihm könne ich viel übers Dasein lernen, denn er sprach immer vom Leben – und er sagte oft: «Lasst die Toten die Toten begraben.» Ich getraute mich nie, ihn zu fragen, wie ich das verstehen müsse. Am letzten Tag, als wir uns sahen, hatte ich mir viele Fragen notiert, und als der Eremit erzählte – vom Leben, der Erleuchtung, zu der wir uns durchkämpften, von Raum zu Raum – , da fragte ich: «Warum müssen wir kämpfen?»

«Damit wir uns spirituell weiterentwickeln können, denn nur im Kampf ...»

«Wie kann ich mein Leben zu einer Meditation machen, wenn ich jeden Tag arbeite, im Zug sitze, einkaufen gehe, die Wohnung putze?»

«Indem du im Hier und Jetzt lebst. Indem du dich a …»

«Wie kann ich auf den Atem fokussieren, wenn ich im Wald bin?»

«Indem du …»

«Wie ist es möglich, die Dualität zu überwinden und die Balance finden?»

Mürrisch sagte er: «Du unterbrichst mich immer.» Dann wollte er nichts mehr erklären, wollte seine Rede nicht fortsetzen. Da realisierte ich, dass man einen Heiligen nicht mit banalen Fragen in seinen wichtigen Ausführungen unterbrechen sollte. Ich verstand, was mir der Philosoph schon immer gesagt hatte: «Was du denkst, interessiert ihn nicht.»

Der Heilige erzählte mir ab und zu kleine Geschichten. In einem heissen Sommer, als der Bach, der einen Steinwurf neben seinem Haus vorbeifloss, kaum noch Wasser führte, baute er mit Steinen eine Staumauer, so dass sich das Wasser in einem kleinen Teich sammeln konnte. Dann marschierte er los, mit einem Eimer in der Hand, sammelte die Fische ein, die fast auf dem Trockenen schwammen und schaffte sie in seinen kleinen Teich. Stundenlang sass er da, im Zwiegespräch mit den Fischen, Auge in Auge mit der ewigen spirituellen Seele, und er wurde Fisch und schwamm mit seinen Artgenossen durchs Wasser.

Einmal hatte er Mäuse im Garten, und um den Mäusen eine Aufgabe zu geben, baute er einen Parcours aus Ästchen und Steinen. Am Ende streute er Haferflocken hin. Kaum hatten sie das

Futter erschnuppert, kamen die Mäuse aus ihrer Höhle, reckten die Näschen in die Luft und kletterten los, über die Ästchen und die Steinchen, trippelten durch ein Labyrinth, immer dem Geruch nach, flink und zielstrebig. Der Eremit wurde nicht müde, dem kleinen Schauspiel zuzusehen, und als er das einmal einem Bekanntem im Dorf erzählte, machte die Geschichte die Runde. Die Schulkinder besuchten ihn und fragten: «Dürfen wir das Mäusetheater sehen?» Der Heilige streute Haferflocken, und die Vorstellung begann.

Als er einmal eine Bekannte im Dorf traf und diese fragte, was sie so mache, antwortete die Frau, sie habe heute morgen die Schnecken, diese Gefrässigen, diese Salatfresser, mit der Schere entzweigeschnitten.

«Die Schnecken schreien, wenn du sie mit der Schere entzweischneidest. Sie schreien, weil sie unendliche Schmerzen haben.»

Die Frau zuckte mit den Schultern und ging einkaufen. Vielleicht, dachte der Heilige, hört sie beim nächsten Mal die Schreie der Schnecken.

Als ich ihn kennenlernte, hatte er einen Hund, Shiva, mit einem lahmen Hinterbein, einem blinden Auge und zu alt für Spaziergänge. Tagelang sass der Heilige bei Shiva, kraulte ihm das Fell, flösste ihm Wasser ein, trug ihn in die Sonne oder an den Schatten, sprach mit seinem Hund, der ihn siebzehn Jahre lang treu begleitet hatte. So treu, wie Shiva war, so treu begleitete der Heilige seinen Hund in die andere Welt, damit er keine Angst haben musste und nicht alleine war, wenn sein Herz das letzte mal schlug.

All diesen Geschichten lauschte ich mit grossen Ohren, und ich verwandelte den Heiligen in einen Weisen, der das Leben kannte und dem Tod begegnet war, einen Lehrer, der mit allem Lebendigen verbunden war, mit den Algen im Teich, mit der Kröte im Biotop, mit Shiva, den Mäusen, Schnecken, Fischen, dem Spitzwegerich und der Brennnessel auf seinem Landstück.

Noch nie war mir ein Mann begegnet, der so viel Hokuspokus betrieb, um mich meiner Hose zu entledigen. Und noch nie wurde ich von einem Menschen so bitter enttäuscht und getäuscht wie in jenen zwei Minuten am Telefon, als der Heilige sagte, er habe jetzt keine Zeit. Gab es eine billigere Ausrede? War eine dürftigere Ausflucht denkbar, wenn ein Mann sein Ziel nicht erreichte? Das einzige Ziel, das er anvisiert hatte? Konnte man sich mit einem schäbigeren Vorwand aus einer Geschichte verabschieden, wenn das sexuelle Verlangen abgewiesen wurde? Kaum. Ich hatte vom Heiligen Ehrlichkeit erwartet. Er hätte seine Karten schon offen auf den Tisch legen können, als er mich zu Hause besuchte und wir uns «von Herz zu Herz» begrüssten. Jetzt wusste ich auch: Er hat da etwas ganz Anderes begrüsst.

Und so war das mit dem Begehren des Heiligen: Wir sassen unter dem Apfelbaum im Schatten, machten ein bisschen «Smalltalk». Da fragte er: «Darf ich dich in den Arm nehmen?»

«Nein. Ich möchte das nicht.»

Hatte ich das jetzt richtig gehört? Er wollte mich in den Arm nehmen? Nein, das konnte nicht möglich sein. Ich musste da etwas falsch verstanden haben.

Das zweite Mal sagte er: «Reden mit dir ist wie Erotik.» Ich hatte keine Antwort. Ich fühlte mich total überrumpelt und dachte auch diesmal, wahrscheinlich habe ich mich verhört. Und wieder einmal sassen wir in der Küche, und er fragte: «Dann kann ich dich also nicht verführen?»

«Nein, das kannst du nicht»

Es war das letzte Treffen.

Als er vorgab, keine Zeit zu haben, da sagte er nichts anderes als: «Kein Sex, kein Buch.»

Als ich das begriff, da war ich wirklich, bitter und tief enttäuscht, weil auch er nur einer war, der mich ins Bett schleppen wollte. Er war auch einer, der sich für ein Nein rächte, indem er mir das nahm, was ich so gerne gemacht hätte: ein Buch über ihn. Auch er zählte zu jenen Männern, die mich nur solange interessant fanden, wie die Aussicht bestand, mit mir Sex zu haben. Wenn ich zu ihnen Nein sage, höre ich nie mehr von ihnen. Es war nicht das erste Mal, dass ein Mann sich rächte, weil er sein Ziel nicht erreichte. Und es war nicht das erste Mal, dass ich mich täuschen liess. Aber es war das erste Mal, dass ich wirklich, ehrlich und tief, davon überzeugt war, dass es diesmal anders sei.

Wieder einmal besuchte ich den Philosophen. Wir verweilten unter dem Blätterdach, das Bächlein rauschte, die Vögel sangen, und Stink und Stunk meckerten: «Ja ja. Bitter enttäuscht.»

«Mich wundert es, dass es dich so überrascht, dass der Heilige nur Sex wollte. Warum sollte er sonst das ganze Brimborium inszenieren? Warum hätte er sonst so oft betont, dass geistiges Wachstum und Spiritualität für ihn so wichtig sind? Weil er von seiner Absicht ablenken wollte.»

«Und das ist ihm supergut gelungen. Aber warum bin ich so auf diesen Schwindel reingefallen?»

«Weil du glauben wolltest, dass der Heilige anders ist. Weil er deiner Vorstellung eines spirituellen Menschen entsprach. Was er sagte, all diese Dinge über die Überwindung der Dualität, dass der Mensch sich mit Gott und seiner Seele verbinden müsse, um in Harmonie und Ganzheit zu leben, dies passte in dein Weltbild. Es ist oft so, dass wir das, was wir suchen, auch finden. Wir können nie genau sagen, wonach wir im Leben streben. Wir formen uns bloss das Gefundene zurecht und reden es uns schön. Wir sind überzeugt, dass uns das Suchen weiterbringt. Deshalb blicken wir nicht so genau hin, wenn wir etwas finden.»

«Okay. Aber der Heilige ist ja auch auf der Suche – und zwar auf der Suche nach einer Frau, die mit ihm das Bett teilt. Wieso kann er das nicht gleich beim zweiten oder dritten Treffen sagen? Weshalb verspricht er mir, dass ich ein Buch über ihn schreiben könne, wenn das doch nie seine Absicht war?»

«Er wollte einfach herausfinden, wie wichtig dir dein Ziel ist. Er war überzeugt, dass du mit ihm Sex haben würdest, weil du dieses Buch über ihn unbedingt schreiben wolltest. Er verstand es als Tauschgeschäft, und wahrscheinlich hätte es ihm in den Kram gepasst, ein Guru zu sein, der obendrein mit spirituellem Sex beeindrucken kann. Bumsen für die Erleuchtung. Du wirst eine von vielen sein, bei der er diese Masche ausprobiert.»

«Doch weshalb dachte ich, dass der Heilige anders ist? Das ist es, was ich nicht verstehe. Er fragte mich nie nach meinem Leben und nach meinem Alltag. Er wollte nie etwas davon hören, was ich dachte und machte.»

«Weil er ein Blender ist. So, wie die beiden Weber im Märchen über des Kaisers neue Kleider. Sie behaupten auch, dass sie den schönsten Stoff weben könnten, so etwas Schönes, Kostbares habe man auf der ganzen Welt noch nie gesehen. Ein kleines Kind rief: «Der Kaiser ist ja nackt!» Der Heilige faselte eben auch die ganze Zeit von dem kostbaren, wunderschönen Stoff, den er mit seinem spirituellen Bewusstsein webt, mit seinem geistigen Wachstum erschafft. Und Tausende glauben ihm, wenn er in sein kostbares Gewand gehüllt die Parade abschreitet. All die Tausenden und Abertausenden klatschen und rufen «Bravo!», «Wunderprächtig!», «Einmalig!», weil sie glauben wollen, dass sie das Glück haben, einem echten Weisen begegnet zu sein – einem Weisen, der weiss, wie es hinter den Lebenskulissen zu und her geht, einem, der davon berichten kann, dass er Gott erschaut hat. Einer der gestorben ist und wiederkam. Einer, der die Mysterien des Lebens erfuhr. Und du hast dich täuschen lassen, weil du auch einmal einen aussergewöhnlichen Menschen kennenlernen wolltest. Du hast alles für bare Münze genommen, weil du zu jenen gehören wolltest, die das Wunder der christlichen Menschwerdung miterlebten. Auch du wolltest auserwählt sein. Damit einer sich in Szene setzen kann, braucht es mindestens zwei Menschen. Einer muss das Publikum spielen, denn ohne Zuhörer wäre der Heilige nichts, absolut nichts.»

«Das ist das Bitterste an der ganzen Geschichte, dass ich, ohne es jemals zu hinterfragen, so bereitwillig mitmachte und immer in der ersten Reihe sass und bei jedem Wort applaudierte und ‹Hoch! Hoch! Hoch lebe der Heilige› rief. Das ist das Schmerzhafteste an der Geschichte, dass ich mich selber zum Narren machte. Die Naivität, mit der ich ihm begegnete, ist das, was mir am meisten zu schaffen macht. Dass ich einfach auf diesen ganzen Schwindel reinfiel»

«Doch am Ende hast du es begriffen.»

«Ja, das ist wahr. Aber», sagte ich und griff nach meinem Glas mit dem Gin Tonic, «über das ernüchternde Ende dieser Geschichte bin ich noch lange nicht hinweg.»

«Ja, ja», meckerten Stink und Stunk. «Über das enttäuschende Ende ist sie noch lange nicht hinweg.»

Der letzte Brief

11. Juni 2020
*Als ich mich noch einmal wie Tarzan fühlen wollte, entschloss
ich mich, Brieffreundschaften zu suchen. Drei lange Jahre unterwarf ich mich der Disziplin, Briefe zu schreiben – an einen
jungen Mann, der des Lebens überdrüssig und für den alles eine
kafkaeske Komödie war. Und vor lauter nett und freundlich
sein sah ich auch über seine schrecklichsten Gedanken hinweg.
Der letzte Brief in dieser leidigen Geschichte, den ich von ihm
bekam, lautete kurz und knapp: «Reine Zeitverschwendung, dir
zurückzuschreiben.»*

Tja, Philipp, dies ist nun definitiv der letzte Brief. Ich habe dir
schon einmal einen letzten Brief geschrieben, und du hast ge-
antwortet, mit einer Karte und mit den Worten: «Wenn du dich
wieder beruhigt hast, darfst du mir sehr gerne wieder schreiben.» Hohn und Spott und lautes Gelächter steckten ein halbes
Jahr später im letzten Couvert, ein blaues, das du extra für mich
gekauft hattest. Nun werden alle weiteren solchen Couverts in
der Schublade versauern, denn ich glaube nicht, dass du noch
eine andere Brieffreundin hast, eine, die weniger empfindlich
ist, und eine, die intelligenter ist als ich, denn ich glaube, für
dich gibt es nur eine Art von Frau, die für dich intelligent genug ist.

Gestern habe ich mich auf diesen Brief vorbereitet. Ich ging
drei Stunden Nordicwalken, drei Stunden im Regen, und ich
dachte darüber nach, was ich dir alles noch sagen will.

So schritt ich auf dem Feldweg dahin, trat in den Wald ein.
Die dichten Kronen der Bäume nahmen mir die Last der grauen
und schweren Wolken etwas von den Schultern. Ich atmete im
Rhythmus meiner Schritte, eins, zwei, drei, einatmen. Eins, zwei,
drei, ausatmen.

Eins, zwei, drei, musste ich an jenen Sonntagnachmittag denken, an dem ich auf die Idee kam, noch einmal Tarzan zu sein, und das kam so.

Als ich in der vierten Klasse war, mit mausbraunen Haaren und einer Aversion gegen weisse Rüschenröckchen, hatte ich eine Brieffreundin, aus der grossen weiten Welt, aus dem Aargau. Ich schrieb ihr, dem Bauernmädchen, davon, dass ich mit meinen beiden Freundinnen, Carmen und Barbara, im Wald gewesen sei. Berichtete, dass wir eine Hütte gebaut hatten. Dass es ein Tobel gab, mit kräftigen Lianen an einem Baum. Dass ich mir eine solche Liane schnappte, einen, zwei, drei Schritte zurücktrat. Los rannte. Und mich wie Tarzan über den Bach schwang.

Als ich mich daran erinnerte, vierzig Jahre später, als ich mich noch einmal wie Tarzan fühlen wollte, da kam mir die Idee, dass es eigentlich noch spannend wäre, wieder Briefe zu schreiben, an Menschen aus der ganzen Welt. Und als ich «Brieffreundschaften» bei Google eingab, entdeckte ich ein Internetportal, das Brieffreundschaften ermöglichte.

Ich dachte, das würde schön werden. Also schrieb ich ein kurzes Profil auf der Plattform: «Hallo, ich bin 50 Jahre alt, schreibe fürs Leben gerne Briefe, ich mag Bücher, stricken und Yoga, bin gerne im Wald und philosophiere mit Leidenschaft über Gott und die Welt.» Drei Tage später kam die Antwort aus der grossen, weiten Welt: 6468 Ibach, Kanton Schwyz, männlich, 27 Jahre alt. Da staunte ich sehr. Denn wie kam ein 27-Jähriger dazu, mir zu schreiben. Mir, die in den langen Winterabenden auf dem Sofa sass und drei Maschen links strickte?

Eine hingekritzelte Grenzüberschreitung

Ich fühlte mich in keiner Art und Weise geschmeichelt, dass du, Philipp, 23 Jahre jünger warst. Ich fragte mich, ob das funktionieren kann, mit so vielen Jahrringen zwischen uns. Ich mailte dir meine Adresse und, zack, vier Tage später hatte ich den ersten Brief. Auf der Rückseite des Couverts fein und säuberlich gestempelt: Betreutes Wohnen und Arbeiten. Auf mich machte dieser Absender jedes Mal den Eindruck, als ob du mir einen Geschäftsbrief schriebst.

Geschäftig waren deine Briefe in der Tat. Dein erster umfasste nicht weniger als zehn Seiten, und ich war leicht überfordert, als du mir von deiner Mutter berichtetest, vom Hass auf sie. Und der Bettwäsche, die nach zwei Wochen müffelte. Und dies auch in den nächsten zehn Wochen tun würde.

Was antworte ich einem Menschen, den ich nicht kenne und der mir in seinem ersten Brief ebenso von der Wut auf seinen Vater schrieb? Was antworte ich einem Menschen, der mir im Detail schildert, wie er die Benzodiazepine ins Glas mit dem Orangensaft fallen lässt?

Es war schlicht und einfach mein anerzogener Anstand, diese eingeimpfte Höflichkeit, diese Gewohnheit, nett und freundlich sein, die ich schon im Kindergarten übte, die mich zum Kugelschreiber greifen und eine Antwort auf deinen ersten Brief zusammenstiefeln liess, drei A4-Blätter, violett, die Farbe der emanzipierten Frau.

Ich schrieb dir, dass ich mich freue, mit dir eine Brieffreundschaft zu beginnen – obwohl ich mich eigentlich nicht wirklich freute. Denn diese, deine Seiten, mit diesen atemlos hingekritzelten Worten, die ich kaum entziffern konnte, waren für mich eine erste Grenzüberschreitung. Sie waren nicht freundlich und nett, nein. Sie waren abgrundtief verzweifelt. Die Worte eines Mannes, der die Menschen verachtet und sich abends in seinen vier Wänden verschanzt und Albert Camus las, den «Fremden»: So empfand ich all deine folgenden Briefe. Als die Briefe eines Fremden. Die Briefe eines Menschen, der sich selbst dafür verachtete, dass sein erster Suizidversuch in der geschlossenen Abteilung der Psychiatrie endete. Und der sich dafür hasste, dass er keinen Mut fand, den Versuch, das Leben gewaltsam auszulöschen, nochmals zu wiederholen.

Gestern zum Beispiel habe ich mich entschlossen, dir nochmals über mein Entsetzen zu schreiben, wegen dieses einen Satzes, den ich so abscheulich fand und dessentwegen ich dir schon mal die Freundschaft gekündigt hatte.

Ich werde dir eine Antwort geben, auf all den Hohn und den Spott und das laute Gelächter, das in deinem letzten Briefumschlag steckte. Ich werde dir sagen, was ich über dich denke, du, ein Feminist, wie du sagst, einer, der voll für die Gleichberechtigung der Frau ist. Und einer, der meinen achtseitigen Brief zu diesem Thema mit einem Rotstift überarbeitet hatte.

Am Ende sah meine Epistel aus wie die ungenügende Prüfungsarbeit einer Erstklässlerin, deren Lehrer allerdings ein vergreister Schulmeister, der schlicht und einfach keine eigenen Gedanken der Schülerin zuliess. Weil er sich ja dann auch Gedanken über den Text machen müsste. Und das hatte er nie gelernt. Der vergreiste Schulmeister.

Du hast dir nie über meine Briefe Gedanken gemacht.

Hämisch wie der Gong vor einem Ringkampf

Gestern, nach Mittag, marschierte ich los, duckte mich unter all dem zermürbenden Grau des Himmels. Hartnäckig prasselte der Regen auf meine Kapuze. Jeder Tropfen, der auf meine Jacke prallte, wie die Häme eines Gong zu einem Boxkampf, dessen Sieger schon seit Anbeginn der Zeit feststeht. Ein «Plong», das Zeichen zum Untergang einer Illusion.

Denn nichts anderes war der Briefwechsel mit Dir. Eine Illusion, genährt aus dem ewigen positiven Denken. Gespiesen aus dem eigenen Vorsatz, dich nicht abzuweisen und auf deine Gedanken einzugehen, auch wenn sie mich betrübten, deprimierten. Daran konnten auch das hellblaue Briefpapier nichts ändern und deine Zeilen, mit einem Füllfederhalter hingekritzelt, die ich nur nach vielem Rätselraten lesen konnte.

Erinnerst du dich noch daran, dass du mir einmal 35 Seiten geschickt hast. Beidseitig vollgesudelt mit deiner Schrift. Einer Schrift, die davon kündete, dass deine Gedanken wichtig waren und mir bewusst machen sollte, dass hier ein Psychologe mit einem Bachelor sprach. Einem Schriftbild aber auch, das mir klarmachte, dass du keine Antwort erwartetest. Ich sah dich vor mir, in dunkler Nacht sasst du an deinem Schreibtisch, die Wohnung vier Zimmer, mit einem Rolls-Royce als Sofa. Der leidenschaftliche rote Granit in der Küche, der nur vor sich hin jammerte, wie du alles schriebst. Auf der Terrasse, auf der du eine Party mit fünfzig ebenso griesgrämigen Menschen wie dir hättest feiern können, tummelten sich die fünfzig Gespenster, die dich seit deiner Kindheit bedrängten und dir die Hand führten, als du eine Packung Valium und dreissig Schlaftabletten in ein Glas drücktest, Orangensaft dazu gabst, alles gut mit einem Suppenlöffel verrührtest und schon den Frieden erahntest, den dir dieser Cocktail schenken würde. Eine Ruhe, die du noch nie empfunden hattest.

Denn du warst bis zu diesem Abend deines zwanzigsten Geburtstags immer voller Wut gewesen, Wut auf deinen Vater. Und Hass auf deine Mutter, über die du geschrieben hast: «Nie hätte sie Kinder bekommen sollen. Denn sie war schlicht und einfach unfähig, sich um uns zu kümmern. Schaffte es nie, das Mittagessen pünktlich auf den Tisch zu bringen. Schaffte es nie, den stets überquellenden Wäschekorb in den Griff zu bekommen. Kriegte nicht mal einen Ausflug mit ihren Kindern ins Freibad hin. Sie war eine Chaotin, bei der das Frühstücksgeschirr regelmässig am Abend noch in der Spüle vor sich hin gammelte, die die Bettwäsche nur alle drei Monate wechselte.»

Und Wut auf deinen Vater, beim Abendessen, wenn deine Mutter Wurst, Brot und Käse auf den Tisch stellte. Die beiden sprachen nie ein Wort miteinander. Assen Wurst, Brot und Käse. Und schweigend sasst auch du da, sieben Jahre alt, ein kleiner

Junge, der bereits zum Hass fähig war. Ein kleiner Junge, der später nach dem Suizidversuch mit seinen Eltern brach. Der sich zwanzig Jahre später aber fragte: «Warum sind meine beiden Brüder so normal? Warum leide nur ich an meiner Kindheit?»

So klein, so klein deine Welt

Dies, Philipp, dachte ich oft, wenn ich deine Briefe las. Wie klein doch deine Welt ist. Aufstehen, arbeiten, nach Hause kommen, lesen. Und die lange Nacht in der quälenden Gesellschaft der fünfzig Gespenster zu durchwachen. Tag für Tag. Immer das Gleiche.

So hartnäckig wie der Regen, der seit Tagen fällt, so hartnäckig wie die Temperaturen, zehn Grad Celsius, in diesem Juni. Der Sommer fand dieses Jahr im April statt, bei satten 25 Grad. Die Tulpen feierten ihre Auferstehung vom Winter.

Ich lag damals in der Sonne, las Bücher, von denen ich dir nun sicher nie mehr schreiben werde. Und fragte mich: Warum nur kann ich diesen miesepetrigen und grauen und düsteren Philipp nicht einfach durchstreichen, so wie ich die Aufgaben Wohnung staubsaugen, Kehricht entsorgen, Zeitungen bündeln, Wäsche falten auf meiner To-do-Liste durchstreiche? Warum lässt sich die Sache mit dir nicht einfach erledigen? Wie – ein Einkauf? Das ging doch auch immer zackig, ohne emotionales Geplänkel.

Mit der Einkaufsliste in der linken und dem Kugelschreiber in der rechten Hand. Sechs Äpfel. Durchstreichen. Karotten in den Korb. Durchstreichen. Naturejoghurt. Zack. Zack. Zack. Zum Teeregal. Himbeer- und Cassisaroma. Und zum Schluss noch zwei Flaschen Apfelschorle. Nochmals zack. Zack. Doch bei dir funktionierte dies nicht. Zack. Doch weswegen war es so eine emotionale Sache mit dir? Warum hattest du – so viel mehr Gewicht als ein Kilo Äpfel?

Gestern also, da der Waldboden bei jedem Schritt resigniert seufzte, da ich losschreiten musste, um nicht in dieser Düsternis zu versinken die jeden deiner Briefe umgab. Da mich der Rotstift des vergreisten Schulmeisters wieder mal piesackte. Verpackt in die atmungsaktive Goretexjacke und einer -regenhose mit doppelt verschweissten Nähten, da musste ich mir eingestehen, dass die vielen Gedanken an dich mir auf die Brust drückten. Wie die grauen Wolken, die jeden Tag pünktlich mit dem ersten Licht der Morgendämmerung ihren Marsch über den Himmel antraten. Dahinzogen, in zermürbenden Massen, dahinzogen bis zur Abenddämmerung und mich frösteln liessen. Den ganzen Tag. Mitte Juni. So, wie mich dieses monochrome Grau frösteln liess, so fröstelte es mich, wenn ich wieder einen Brief bekam. Als Absender immer die Adresse deiner Arbeitsstelle. Warum, das habe ich nie begriffen. Immer diese Adresse, betreutes Wohnen und Arbeiten. Jede Woche, oft auch zwei Mal, diese Adresse. Jedes Mal.

An die Wand stellen und erschiessen

Und dann kam dieser eine Brief, und du schriebst, in deiner krakeligen, hingepfuschten Schrift: «Menschen mit einer Behinderung sollte man an die Wand stellen und erschiessen, um sie von ihrem Elend zu erlösen.»

Du hast mir diese Worte in jener Woche geschrieben, als du als Leiter eines Feriencamps amtetest, der Briefkopf auch diesmal: Betreutes Wohnen und Arbeiten. Du schriebst ausserdem: «Ich bin ein guter Leiter, einer, dem man Respekt entgegenbringt und dessen Entscheidungen nicht hinterfragt werden.»

Ich war schockiert, masslos entsetzt. Ich war fassungslos. Ich las deinen Brief nicht mehr zu Ende, setzte mich an den Computer, schrieb dir: «Aus! Fertig! Stopp! Ich ertrage deine Zeilen nicht mehr. Ich will nichts mehr mit dir zu tun haben. Deine Gedanken entsetzen und deprimieren mich. Fertig! Stopp!» Aber ich habe deine Briefe nie in den Kehrichteimer geworfen. Warum, weiss ich selber nicht. Niemals, schwor ich mir, niemals wieder schreibe ich dir einen Brief.

Drei Monate später hatte ich ein blaues Couvert unter all den Weissen. «Liebste Morena, ich vermisse dich, ich vermisse deine Briefe, ich vermisse deine Gedanken, und meine Nächte sind so trostlos ohne all die Zeilen, die ich morgens um zwei Uhr an dich schreiben kann. Liebste Morena, verzeih meine gedankenlosen Sätze. Verzeih. Ich vermisse dich.»

Atemlos und wütend schrieb ich dir, erst jetzt, von meinem Entsetzen. Woher nimmst du dir das Recht, darüber zu entscheiden, dass ein Leben mit einer Behinderung ein einziges Elend ist? Wenn das Elend der Massstab ist, mit dem du das Leben ausmisst, was macht dann dein Leben so lebenswerter, all deine durchwachten Nächte mit den fünfzig Gespenstern? Was ist um so vieles besser an deinem Leben, in dem du nur Verachtung und Hass, und zwar auf dich und für die anderen Menschen, übrig hast? Was gab dir das Recht dazu, all diese Menschen – und der Briefkopf «Betreutes Wohnen und Arbeiten» grinste mir bösartig entgegen – , was gibt dir das Recht, all diese Menschen, für die du verantwortlich bist, zum Tod zu verurteilen?

Diese Menschen können, und davon bin ich bis heute zutiefst überzeugt, selber entscheiden, ob ihr Leben mit einer Behinderung sinnlos und ein einziges Elend ist. Und sie vermögen, auch davon bin ich zu tiefst davon überzeugt, sehr klar benennen, was ihr Leben schön, reich und lebenswert macht. Warum misst du diese Menschen mit dem Massstab deiner Selbstverachtung? Wenn doch dein Leben, wie du mir in all den Briefen immer wieder geschrieben hast, nur einen Sinn hatte: Noch mehr Schokolade mit Mandeln. Noch mehr Nussgipfel mit Zuckerglasur. Und noch mehr Eiscrème, Vanille, die Familienpackung. Drei Franken und fünfundneunzig Rappen. In deinen nimmersatten Schlund zu stopfen und darauf zu hoffen, dass dein Herz irgendwann, wenn möglich schon heute oder morgen, einfach, zack, das Pumpen einstellte und dir den Frieden schenkt, den du dir schon gönnen wolltest, als du die Benzodiazepine in Orangensaft tunktest.

Dein Behindertsein, dein Hass und deine Wut

Als ich endlich am Computer sass und dir mein Entsetzen schilderte, da fragte ich dich, schreibend, auch: Philipp, sei ehrlich, ist es nicht so, dass du dich in diesen Menschen mit einer Behinderung gespiegelt siehst? Dass du dein eigenes Behindertsein, deinen Hass, deine Wut, deine vierzig Kilo Übergewicht anschaust, wenn du am Morgen ins Atelier gehst und jedem eine Aufgabe zuteilst? Ist es nicht so, dass du deine Unfähigkeit, nur ein Milligramm Freude zu empfinden, auf diese Menschen überträgst, aber du nie in der Lage sein wirst, auch nur zu erahnen, dass diese Menschen im Unterschied zu dir sehr wohl Freude empfinden können? Du setzt doch die so oft beschriebene Sinnlosigkeit deines eigenen Lebens als Massstab, was eben ein Leben sei – weil dir das Leben schlicht und einfach vom ersten bis zum letzten Tag sinnlos scheint. Nur eine kafkaeske Komödie, wie du so oft geschrieben hast. Ein schlechter Witz, den du nun halt aussitzen musstest. Eine dumme Laune deiner Eltern nämlich, weil sie ihr Hirn nicht in Betrieb genommen hätten, als sie zum ersten Mal Sex hatten. Einmal Sex. Spermie trifft auf Eizelle und Mann und Frau sind für ein Leben lang aneinandergekettet. Wie du. An deine Eltern gefesselt, von denen du dich nie lösen konntest.

Du – der immer wieder von dieser kafkaesken Komödie schrieb – konntest doch nichts anderes denken als: Wenn mein Leben sinnlos ist, das eines Psychologen mit Bachelor und einem Master in Betriebswirtschaft, wie sinnlos muss dann erst das Leben eines Menschen mit Behinderung sein? Eines Menschen, der nicht mal schreiben und lesen kann, nicht alleine Zug fahren, nicht selber entscheiden kann, was er zum Mittag essen will. Einer Existenz, die tagein und tagaus WC-Papierrollen mit fingerdicken Holzspriessen füllt. In der Mitte ein Docht. Anfeuerhilfe für das gediegene Cheminée.

Auch in deinem Wohnzimmer hat es ein Cheminée, und du benützt diese Anfeuerhilfe nachts. Wenn die fünfzig Gespenster dich umzingeln. Und du über die kafkaeske Komödie schreibst, diesen Witz. Dein Leben, sinnlos, vertan, weil ohne jemals Freude empfunden zu haben.

Ganz sicher nicht. Wie oft dachte ich das schon. Ganz sicher schreibe ich dir nie mehr einen Brief. Ich schrieb dir trotzdem immer wieder, und ich brauchte lange, um herauszufinden, warum ich das wieder tat. Als einzigen Grund kann ich nur meine anerzogene Freundlichkeit und mein Nettsein angeben. Doch spätestens, als ich meinen eigenen Brief in Händen hielt, den du mit höhnischem Rotstift korrigiert hattest, da spürte ich die Resignation tief in meinen Knochen. Die Resignation einer Frau, die es so satt hat, immer wieder als Unterlegene gebrandmarkt worden zu sein und zu werden.

Die Eroberer, die Gelehrten – und du

Meine wilden Jahre als Feministin sind schon lange vorbei. Ich hatte viele Rollen ausprobiert. Als Kletterin im Alpstein. Als Gleitschirmpilotin auf dem First in Grindelwald. Mit Pfeil und Bogen auf einem Schiessplatz. Als Zimmerin mit dem Fäustel Hunderternägel ins Dachgebälk treibend. Triathletin mit dem Rennvelo die Steigung zur Schwägalp bezwingend, an einem 1. Mai.

Ich trainierte Judo. Reiste Mitte der 1980-er allein durch Marokko. Eroberte Kreta per Mietmotorrad. Damals, in den Jahren, in denen ich das Leben einer Feministin, des Emanzipiertseins durchdeklinierte, dachte ich – wenn ich dann fünfzig, wenn ich dann «alt» bin, in einer fernen Zukunft, im Jahr 2020, dann wird all das, was mich zur Exotin macht und mir den Namen Emanze einträgt, dann wird all das für Frauen selbstverständlich sein.

Aber ich hatte mich getäuscht, und mit vierundfünfzig musste ich feststellen: Frauen sind immer noch Exotinnen und Emanzen, wenn sie klettern, Rennrad fahren oder als Zimmerin arbeiten. All die Diskussionen mit all den Männern, die meinen Weg in den vergangenen Jahren kreuzten, brachten mich nur zur Ernüchterung. Als Frau war ich eben doch nur ein minderwertiges Produkt. Ein mangelhafter Mensch, irgendwie defekt, nicht würdig, den Männern das Wasser zu reichen. Ich spürte Müdigkeit, und es war immer wieder frustrierend, das Stigma einer Frau auf der Stirn zu tragen. Als ich dann, ausser Fassung, auf meinen eigenen Brief mit deinen roten, hämischen Korrekturen starrte, dachte ich nur noch resigniert: Ich mag nicht mehr für die Emanzipation kämpfen. Es ist so sinnlos, gegen die Überheblichkeit der Männer anzurennen.

All die Männer, die ich kennenlernte, dazu gehörst auch du, Philipp, beharren immer noch auf der Überlegenheit des Männergeschlechts. Weil Geschichte, Religion und Politik sie immer wieder darin «bestärken» – dass sie die Starken seien.

Die Schriftgelehrten verurteilten Eva, die erste Frau der Menschheit, zu einer Sünderin. Sie liess sich, dieses wankelmütige Weibsbild, von einer Schlange, die listiger war als alle anderen Tiere, verführen. Eva, ja, war die Ursache allen Übels, von Krankheit, Not, Elend und Tod. Im «Alten Testament» steht geschrieben: «Die Frau soll in der Kirche schweigen.» Die Menschheitsgeschichte wurde von Männern diktiert und niedergeschrieben. Von Männern, die sich entweder ins Klosterleben zurückzogen, um den teuflischen Fallstricken der Frau zu entgehen. Oder von Männern, die Kriegsheere anführten und ihre Mätressen in Zelten empfingen, um sich durch den Geschlechtsakt ihrer kriegerischen Überlegenheit zu versichern.

Die Geschichte wurde von Mönchen geschrieben, die sich der sexuellen Lust nicht entziehen konnten, nachdem sie dem Ziehen und Locken ihrer Lenden erlegen waren, aber den Rest der Nacht auf einem kantigen Holzscheit knieten und mit Tränen der Reue auf dem Gesicht den ewigen und einen Gott anriefen. «Vergib mir, oh Herr, ich habe gesündigt. Vergib mir, denn ich bin schwach und nicht würdig, deinen Namen in meinem Mund zu führen. Vergib mir. Beschütze mich vor den schändlichen Reizen der Frau. Vergib. Denn ich werde wieder sündigen.»

Geschichtsschreiber waren Männer, die auf Schiffen in tobenden und wütenden Weltmeeren den Stürmen trotzten, mit den Wappen der Könige die Wilden unter die Knute ihrer Herrschaft zwangen. Den Säbel in der rechten und die Bibel in der linken Hand schwingend, vor Siegesgewissheit trunken über Inseln und Kontinente stapfend. Bunte Glasperlen verschenkend. Mit den Wilden den Rum aus der Flasche teilend. Und sich, wenn sie in den englischen und portugiesischen, spanischen, französischen und niederländischen Salons unter sich waren, sich über die sexuelle Freizügigkeit der wilden Frauen auslassend. Sexuelle Praktiken schildernd, die die Augen der weniger weit gereisten Zuhörer glänzen liessen, ihr Blut in Wallung brachte, während die Stimmen der Eroberer fast vor lauter wissenschaftlicher Erkenntnis troffen.

Es war trüb, aber auch grau und düster in meinem Kopf, als ich gestern, an diesem zehnten Tag im Juni im Jahr 2020, durch den Wald marschierte. Die vermodernden Blätter auf dem Waldboden – rochen nach Sinnlosigkeit. Die ewigen Regentropfen prasselten wie der Gongklang auf die Kapuze meiner Jacke. Und ich musste, gegen meinen Willen, nochmals in den Ring steigen. Nochmals boxen für einen Kampf, dessen Sieger schon seit Anbeginn der Zeit feststeht – der Sieger bereits auserkoren ist, allein auf Grund der Tatsache, dass er, dass du, Philipp, ein Y-Chromosom hast und ich nicht.

Alles ist, dachte ich, als der Waldboden unter meinen Füssen stöhnte, eine Frage von Y und X.

Verachtung, in jedem Augenblick

All die Briefe, die du mir in den drei Jahren geschrieben hast, hast du in der Nacht verfasst, denn der Schlaf floh dein Dasein. Du fandest eben keine Ruhe vor deinen Gedankentornados morgens um zwei Uhr. Auch dein Körper befand sich in unaufhaltsamer Hetze. Du berichtetest davon, dass du früher sehr sportlich warst, jeden Abend eine Runde joggtest. Doch nach der Entlassung aus der Psychiatrie – diesem Affentheater, wie du es nanntest – und nach den Gesprächen mit der Psychologin, «die gescheiter einen Makramekurs besuchen würde als sich in mein Leben einzumischen», ergabst du dich dieser allumfassenden Resignation, so dass dir nichts anderes übrig blieb, als Schokolade mit Mandeln, Nussgipfel mit Zuckerglasur und Eiscrème als Familienpackung in dich reinzustopfen und darauf zu hoffen, dass die vierzig Kilo Übergewicht, die du dir in einem einzigen Jahr zulegtest, dein Scheiden aus deinem täglichen und nächtlichen Martyrium beschleunigen würde. Zu jeder Stunde, in der der Schlaf dich mied, hast du dich nur verachtet. Schon als ich deinen ersten Brief gelesen hatte, verstand ich erst recht nicht, warum Du mit einer 50-Jährigen, die drei Maschen links zusammenstrickte, deine Gedanken und die Nächte noch schreibend teilen wolltest. Ich begriff schon nach deinem zweiten Brief nicht, wie du mich deine liebste Morena nennen konntest, nachdem wiederum ich dir erzählt hatte, dass ich Aquarellbilder malte und historische Romane über Frauen las. Aber es war meine anerzogene Höflichkeit, die mich jede Woche zwang, zum Kugelschreiber zu greifen. Und dich in deinen Nächten zu besuchen. Dich zu fragen, ob du vielleicht auch Freunde und Freundinnen hast. Aber es gab niemanden in deinem Leben, mit dem du ins Kino gingst, dich am See zum Grillieren trafst oder mit dem du einen Spaziergang hättest machen können, über Felder und Wiesen, die dir so egal waren wie dein Leben, die Felder und Wiesen, so egal, weil du dich eben nicht für die Welt um dich herum interessiertest. Weil es da keinen einzigen Lebensfunken in dir gab, der einen Funken Lebensfreude entfacht hätte. Es gab einfach Nichts. Nichts. Und dieses Nichts erschreckte mich. Es machte mich aber auch ohnmächtig, weil ich keinen einzigen Satz fand und kein Wort, mit dem es mir gelungen wäre, deine vierzig Kilo schwere Gletscherschicht zu durchdringen.

Für mich warst du ein Mensch, gefangen in seinem persönlichen Elend. Umtanzt von unheilvollen Gespenstern. Gepackt von seiner eigenen Verachtung. Und von der Prägung durch einen Vater, dessen Schweigen dich nämlich zur Weissglut trieb, auch noch sieben Jahre nach dem letzten Wort, das du mit ihm wechseltest. Sieben Jahre nach dem finalen Streit mit deiner Mutter, dem, in dem du sie eine Schlampe nanntest.

Du schriebst, Philipp, dass du nun das Schlampenleben deiner Mutter leben musstest, weil du dich nicht von deinem Hass lösen konntest. Dein Hass war alles. Und so begriff ich doch nicht, wie du mich deine liebste Morena nennen konntest. Nachdem ich dir wieder mal geschrieben hatte. Dass ich gerne Risotto koche, weil der Duft der gedünsteten Zwiebeln mich an jene Zeiten erinnerte, an jene Samstage, an denen ich mit dem Rennvelo die Hulftegg bezwang. Und – auch das schrieb ich dir – meine Mutter jeweils eben dieses Risotto kochte, wenn ich glücklich und mit einem Siegeslächeln zur Haustür reinkam.

Null Echo, nie, in all den drei Jahren

Kein einziges Mal, Philipp, in all den drei Schreibjahren, hast du mich gefragt, kein einziges Mal, wie es mir geht und was ich so mache, in der Zeit, in der ein Mensch frei hat. Kein einziges Mal erkundigtest du dich, ob es denn in meinem Freunde und Freundinnen gab, mit denen ich mich traf. Und wovon ich träume oder träumte – in den Sommerferien, in Kindertagen, im Wald …

Ich schrieb dir trotzdem, dass ich davon träumte, Berge zu bezwingen und dass ich als Zehnjährige mit Bestimmtheit wusste, dass es für mich nur einen Beruf gab, Schreinerin.

Aber meine Mitteilungen lösten in dir kein Echo aus. Meine Worte gefroren in der unbarmherzigen arktischen Kälte, die, und das schreibe ich jetzt, auch wenn es total kitschig tönt – meine Worte gefroren in der unbarmherzigen, arktischen Kälte deiner Seele und deines Herzens.

Ich war ratlos. Jedes Mal, wenn ich dir einen Brief geschrieben hatte und deine Antwort kam. Und schon nach dem dritten Mal, als ich wieder deine Adresse auf das Couvert geschrieben hatte, wurde die Brieffreundschaft mit dir nur noch zu einer Übung in Disziplin.

Heute wundere ich mich darüber, dass ich mich während dreier Jahre dieser Disziplin unterwarf. Warum fand ich den Mut nicht, dir zu schreiben: «Hallo Philipp, ich mag nicht mehr. Deine Worte sind wie Treibsand. Sie verschlingen mich. Deine Zeilen geben mir das Gefühl, kein Mensch, sondern ein dumpfer Cyborg zu sein, der einfach, aufgrund von Algorithmen, pflichtschuldig sein Programm runterspult.»

Warum schriebst du mir zehn, fünfzehn Seiten, wenn es dich nicht interessierte, was ich denke? Wenn es dir egal war, was ich arbeite und welche Bücher ich las? Tja, und das mit der Intelligenz, mit der mir fehlenden, das war für dich dann der entscheidende Moment, in dem du dich entschlossest, deine Nächte und Gedanken nicht mehr an mich zu verschwenden und den Rotstift zücktest. Der vergreiste Schulmeister wollte sich nicht mit dem Geschreibsel einer dummen Schülerin auseinandersetzen, die die Frechheit hatte, festzustellen, dass die Emanzipation der Frau nicht stattgefunden hatte.

Ich habe, an langen Sommerabenden, in denen ich alleine am See sass, immer wieder, in einer Endlosschlaufe, darüber nachgedacht, warum ich dir nicht zurückgeschrieben hatte, nachdem du meinen achtseitigen Brief zur nicht stattgefundenen Emanzipation der Frau mit dem höhnischen, spöttischen Rotstift durchgestrichen hattest. Heute kann ich dir nur antworten: Ich mochte nicht mehr für die Rechte der Frauen kämpfen. Punkt. Fertig mit Diskussionen. Nun hatte ich es satt. Ich mochte mich nicht mehr mit deiner Überheblichkeit, mit der Überheblichkeit so vieler ähnlicher Männer, denen ich im Leben schon begegnet war, auseinandersetzen.

Als ich den Wald verliess, bauschten sich die Wolken zu einer grauen Düsternis zusammen, und ich spürte wieder die Last des monotonen Graus auf meinen Schultern, schwer wie Zement. Aber die Ruhelosigkeit trieb mich weiter Schritt um Schritt vorwärts.

Mein Marsch durch den Regen führte mich nun an Einfamilienhäusern vorbei, mit ihrem disziplinierten Rasen, den ausgelaugten Pfingstrosen, hoffnungslosem Lavendel. Diese Natur, getrimmt in unzähligen Stunden, betrübte mich nun noch mehr als die Gedanken an dich.

Auch dein Dasein war so, wie der Rasen, dessen Kanten mit der Schere getrimmt waren. Dein Herz so ausgelaugt wie die Pfingstrosen nach dem tagelangen Regenwetter. Und wie hoffnungsloser Lavendel, wie ein trostloser Abklatsch all der Lavendelfelder, die in der Provence blühten, so empfand ich deine Texte: eine trostlose Spiegelung deiner Vorstellung des Lebens.

Funktionieren, hast du geschrieben, ich muss einfach funktionieren, dann geht es mit dem Leben Tag für Tag. Du hast nach den drei Wochen in der Psychiatrie die Schere genommen und deine Kanten getrimmt. Deine Gedanken und deine Zeilen waren ausgelaugt vom sich Drehen um den immer gleichen Punkt, deinen Hass auf deine Mutter und deine Wut auf den Vater. Und so hast du das Funktionieren, so wie dein Motorrad funktioniert, zur höchsten Aufgabe in deinem Leben gemacht. Und du funktionierest einwandfrei, hast du mir geschrieben. Was will man mehr im Leben, als am Monatsende den Lohn auf dem Konto?

Der Briefkopf «Betreutes Wohnen und Arbeiten» grinst mich höhnisch an. Was will man mehr, als ein bequemes Dach über dem Kopf und die Möglichkeit, jeden Tag Schokolade mit Mandeln, Nussgipfel mit Zuckerglasur und Vanilleeis, Familienpackung, drei Franken fünfundneunzig, zu schlemmen? Und einen vierzig Kilo dicken Gletscherpanzer durch das Leben schleppen – um sich damit vor der eigenen Enttäuschung über dieses Leben zu schützen? Was kann man mehr erwarten?

Drei Jahre lang hast du in langen Nächten, sekundiert von den fünfzig Gespenstern, Seite um Seite geschrieben, aber mich nie gefragt, wie es mir ging. Du schriebst, dass du an den Wochenenden mit deinem Motorrad aufbrichst, über Pässe und Landesgrenzen, zu einem behaglichen Wellnesshotel. Schwitzen in der Sauna. Mutig ins Eisbecken springen. Am Abend vor dem TV im Doppelzimmer. Pommes und Hamburger, vom Zimmerservice geliefert. Man gönnt sich ja sonst nichts – im «Leben».

In drei langen Jahren versuchte ich, dir mitzuteilen, dass ich kein Cyborg war. Kein programmierter Algorithmus. Ich war ein Mensch. Mein Herz pumpte rotes Blut durch die Adern.

Als ich, vor dem Gang durch den Regen, die Briefe las, die ich dir geschrieben hatte – denn es gab von jedem von ihnen eine Kopie – stellte ich fest, dass meine Briefe ein Tagebuch waren. Eine Art Tagebuch der Ratlosigkeit. Ich fühlte mich, als ich die Zeilen las, immer ratlos, denn ich fand nichts in deinen Briefen, das mir eine Antwort gab. Und so blieb am Schluss nur noch die eine Frage: Warum habe ich dir drei lange Jahre geschrieben? Wann werde ich mich von der anerzogenen Freundlichkeit und dem Nettsein verabschieden? Und als ich an den ausgelaugten Pfingstrosen vorbeimarschierte, da wusste ich, dass ich mich jetzt, gleich nach diesem Marsch durch den Regen, verabschieden würde, von meiner anerzogenen Freundlichkeit und dem Nettsein.

Ich würde mich jetzt auch von dir verabschieden. Noch ein letztes Mal zwar über dich nachdenken. Wie in den einundzwanzigtausend Schritten im Regen. Dich dann aber endlich gehen lassen.

Deine Zeilen ein Halsband mit metallenen Zacken

Aber ich habe noch eine letzte Frage an Dich, Philipp, ein letztes Mal bemühe ich mich darum, dich zu verstehen, zu verstehen, wie es sich leben muss unter der Tyrannei der fünfzig Gespenster, mit dem ewigen und brennenden Hass auf die Mutter, mit der ewigen und bitteren Wut auf den schweigenden Vater.

Was, Philipp, bewog dich dazu, auf dem Internetportal gerade mir zu schreiben? Einer strickenden 50-Jährigen, die am Morgen den Sonnengruss macht und Räucherstäbchen abbrennt, damit es bei ihr wie in einem Hindutempel riecht. Die in den Fitness-raum geht und Gewichte stemmt, weil ihr das so wichtig ist für ihr ganzes gesamtes Wohlbefinden.

Warum hast du sie, mich, auserkoren, ihr deine Gedanken anzuvertrauen? Schon im ersten Brief mit einer Offenheit, die mich heute noch unangenehm berührt. Deine Zeilen über den Suizid. Deine Verachtung für die Menschen.

Was gefiel dir daran, einer Frau zu schreiben – einer Frau, und diesen Gedanken finde ich nicht einmal so abwegig, die deine Mutter sein könnte? In einem deiner Briefe, als ich gerade das Kriegsbeil begraben hatte, schriebst du, dass du immer am Mittwoch eine Bar besuchst, einen Treffpunkt für Menschen, die BDSM mögen. Da fragte ich mich, war es das, das dich anzog? Dass du BSDM mochtest? Wolltest du dich unterwerfen. Oder wolltest du mich beherrschen?

Wolltest du in deinen Briefen beweisen, dass deine intellektuelle Dominanz so überlegen war, dass ich mich unterwerfen musste? Oder hast du von mir erwartet, dass ich dir, in diesem intellek-tuellen Gefecht, das du schreibend inszeniertest, bedingungslos folge, alles über Bord warf, um mit dir dieses Spiel von Dominanz und Unterwerfung zu spielen? Das Briefpapier aus Latex, schwarz, glänzig. Und deine Zeilen das Halsband mit metallenen Zacken, das du mir in dunklen Nächten umlegtest. Mit straffer Hand führ-test du die Leine, und du warst der Meister und ich die Magd.

Als du mir schriebst, dass du an diesen BDSM-Treffen eine dreiundfünfzigjährige Architektin kennen gelernt hast und mir davon erzähltest, dass du mir ihr stundenlang reden konntest, da dachte ich, eigentlich erstaunt mich das nicht, diese Freundschaft, und sie wird ja nun wohl die einzige Frau sein, die für dich intelligent genug ist.

Du schriebst mir mal, dass es vielleicht auch die Option Freundschaft plus gebe. Und ich fragte dich, was ist denn das, Freundschaft plus? Und du antwortetest, plus Sex. Und ich fragte mich: Trägst du die Brustwarzenklemmen und die Peitsche immer in deinem Rucksack mit? Und was ist dein Safewort, das Wort, das die Grenze deutlich macht, wenn das Spiel seinen Reiz verliert und in Gewalt umschlägt?

Ich kannte dieses Safewort nicht. Hätte ich es gekannt, hätte ich es schon beim ersten Brief geschrien. Dann hätte ich dir nicht drei Jahre lang geschrieben.

Tschüss, Triebfeder

Als ich im Regen durch die Wiesen lief, das vom Wetter niedergedrückte Grün, monoton, ein regenverwaschenes Grün, keine einzige Margerite, kein einziger Zweig eines Wiesensalbeis, keine violette Flockenblume, nicht einmal ein einziger Hahnenfuss, da fragte ich es mich noch ein letztes Mal: Warum hast du mir drei Jahre lang geschrieben?

Philipp, ich sage es dir selber, ganz ehrlich und ohne Schnörkel: Weil das Schreiben über deine Verachtung gegenüber den Menschen im allgemeinen und den Hass auf dich selber die Triebfeder war, die dich am Funktionieren hielt. Nur wenn du über deinen Hass und deine Wut schreiben konntest, hattest du jeden Tag den Power, aufzustehen und ins Atelier zu gehen. Nur wenn du dich intellektuell über andere Menschen erheben konntest, fehlte dir nicht die Energie, die es braucht, ein Leben, ein Leben wie deines, auszuhalten.

Einundzwanzigtausend Schritte, so viel Zeit blieb mir, um dich endlich gehen zu lassen, zu sagen, Tschüss Philipp - Unsere Wege trennen sich. Einundzwanzigtausend Schritte, drei Stunden durch den Regen Marschieren.

Mein Weg führte mich zu den schmutzigen Wellen des Hagneckkanals, und dann gelangte ich ins Naturschutzgebiet, mit Moorwiesen, so grün und monoton wie alles, was ich an dem Tag, dem 10. Juni 2020, gesehen und gefühlt hatte.

So ist es nun also, Philipp. Ich mag dir keinen Raum mehr in meinen Gedanken zugestehen. Als ich an dem Morgen noch einmal deine Briefe durchgelesen hatte, da habe ich etwas gemacht, das ich nur aus Büchern und Filmen kenne. Ich habe jedes einzelne Blatt – gebrandmarkt von deinen düsteren Gedanken, umschlossen von deinen fünfzig Gespenstern – in klitzekleine Fetzchen zerrissen. Ritschratsch. Ritschratsch. Ich wollte mich nicht der Versuchung aussetzen, nochmals diese unleserlichen Zeichen zu entziffern, wenn ich von meiner Nordicwalking-Tour zurückkomme. Wollte mich nicht mehr verführen lassen, nochmals alle deine Briefe zu studieren wie eine Landkarte. Denn es gibt ja keinen Weg zu dir. Da ist nichts ausser arktischer Kälte und beissendem Spott und einem höhnischen Lachen.

Einundzwanzigtausend Schritte, einundzwanzigtausend mal Tschüss, drei Stunden, und als ich am Ufer des Bielersees entlang marschierte, den Wasserwogen mit den weissen Schaumkrönchen, dem in den Böen gebeugten Schilf, da fühlte ich mich endlich von deinen deprimierenden Zeilen befreit. Fortgewaschen all das ausgelaugte Leben. Dein Leben, mit der Schere getrimmt. Mit dem einzigen Gebot: Funktionieren.

Und dann, auf den letzten tausend Metern meiner Tour, empfand ich zwar nochmals Mitleid mit dir. Zerschunden vom Hass auf deine Mutter und von der Wut auf den schweigenden Vater. Zerschunden von diesem einen Satz, den du in deinem ersten

Brief als Postskriptum. hingekritzelt hattest: «Einmal Opfer, immer Opfer.»

Nein, Philipp. Ich habe mal ein Buch gelesen: «Sich von der Opferrolle verabschieden». Ich nehme nun Abschied von meiner anerzogenen Freundlichkeit und dem Nettsein. Und eigentlich erstaunt es mich schon, dass du Psychologie studiert hast – und dich so an deine Opferrolle klammerst. Lass los, möchte ich dir zum Abschied sagen. Ich weiss, Psychoquatsch. Also dann, Philipp, Tschüss. Noch neunhundert Schritte bis zu meiner Wohnung. Neunhundert Schritte Loslassen. Soviel Zeit bleibt mir noch.

«Die Opferrolle loslassen». Manchmal macht der ganze Psychoquatsch ja auch Sinn. Tja, Philipp, das ist er nun, definitiv. Der letzte Brief.

P.S. Naturschutzgebiet Auenwald Wasserkraftwerk Hagneck, zehn Grad Celsius, 10. Juni 2020. Der Sommer war im April.

Was die Elefantendame Ceyla-Himali über die Freiheit denkt

Am liebsten nascht Ceyla-Himali Bambus und beobachtet dabei die Menschen. Sie sieht und hört viel. Und macht sich so ihre eigenen Gedanken. Über die Coronapandemie, über die Freiheit, über Gott und die Liebe. Kürzlich bekam sie Besuch von einer orangen Dame, einer leidenschaftlichen und überzeugten Spielerin

Einen wunderschönen guten Tag. Ich bin Ceyla-Himali, eine Elefantendame, geboren 1945 in Sri Lanka, und ich lebe im Zoo in Zürich. Als mageres und kränkelndes Elefäntchen, das mit der Schoppenflasche gefüttert werden musste, kam ich 1946 in diesen Zoo. Noch kurz einige Worte zur symbolischen Bedeutung des Elefanten. In Asien stehe ich für Geduld, Güte, Stärke und Hingabe. Für Liebende bin ich ein Glücksbringer. Im Hinduismus bin ich Ganesh, der Gott mit dem Elefantenkopf. Ich bin Mutter von sechs Kindern und Grossmutter von achtzehn Enkel und Enkelinnen. So wie die Menschen leben auch wir Elefantendamen am liebsten in Gruppen. Wir sind uns alle herzlich zugetan, teilen Leid und Freude miteinander und kümmern uns gemeinsam um unsere Nachkommen.

Ich lade Sie ein, mit mir über das Thema Freiheit nachzudenken. Darüber sinniere ich viel, wenn ich über den Zaun hinweg mit meinem Rüssel die zarten Bambusstengel nasche. Dabei komme ich den Menschen sehr nahe. Drei Meter Distanz. Da frage ich mich oft: Wer ist jetzt frei? Die Menschen, die auf den Wegen durch den Zoo schlendern, oder ich, die Elefantendame? In Zeiten von Corona denken viele Menschen über Freiheit nach, denn das klitzekleine Virus schränkt den Bewegungsradius massiv ein. Die Aerosole machen auf unerträgliche Weise deutlich, dass der Mensch enorm verletzlich ist. Corona raubt

den Menschen die Unabhängigkeit. Mit Masken, Desinfektions-
mittel, Abstand, gründlichem Händewaschen und Quarantäne
versuchen sie, diesen Schrecken verbreitenden Erreger auszu-
merzen – und zu verdrängen, dass sie einer unsicheren Zukunft
entgegengehen. Zurzeit, es ist der 22. Oktober 2020, sind die
Menschen wieder sehr zuversichtlich, weil sie davon überzeugt
sind, das Schlimmste – den Lockdown – hinter sich zu haben.
Sie können wieder in den Zoo, bemühen sich um einen alltägli-
chen Alltag. Für zwei, drei Stunden wollen sie sich vergewissern,
dass alles gut, dass alles wieder so wie vor dem Notstand ist
und dass es keine unsichtbare Gefahr gibt, die ihre Gesundheit,
ihren Arbeitsplatz, ihre Familie und Freunde bedroht. Sie wollen
ihre Freiheit wieder leben. Die Zoogäste schauen mir zu, wie ich
Bambus nasche. Sie denken keine Sekunde darüber nach, dass
es genau umgekehrt ist. Ich beobachte die Menschen, und ich
mache mir so meine Gedanken. Über Freiheit. Und über das
tägliche Einerlei.

Da irrt sich der Mensch

Freiheit, was ist das? Sind Herkunft, Name, Alter und Besitz be-
deutende Faktoren, die einen Einfluss auf die Freiheit haben?
Für Menschen ist es wichtig, zu wissen, woher sie kommen, wo
ihre Wurzeln sind. Ich wurde in Sri Lanka geboren. Das spielt
für mich keine Rolle, denn ich trage meine Wurzeln mit mir.
    Der Geburtsort ist ohne Bedeutung, ist nur ein Name und
dieser ist für mich vergänglich. Bei den Menschen ist das anders.
Ein Mensch wird erst zum Menschen, wenn er mit Ornella oder
Milo begrüsst wird. Der Name ist es, wodurch sich die Menschen unterscheiden. Haben Sie sich auch schon überlegt, wer
Sie wären, wenn Sie anstatt Anna zum Beispiel Chelsea heissen
würden oder statt Kevin Jean-Jacques? Eben. Die Menschen fol-

gen ihrem Namen, und sie inszenieren ein Leben, das zu ihrem Namen passt. Menschen wachsen in ihren Namen hinein. Kleine Kinder lernen sehr früh, dass ein Name auch eine Bedeutung hat, denn Mama und Papa sorgen für sie. So lernen sie, dass Namen mit Aufgaben verbunden sind. Wird ein Kindlein auf den Namen Anna getauft, so wie die Grossmutter, dann wird dadurch das Andenken an sie bewahrt. So entstehen Familienbindungen, wenn die Alten in den Jungen weiterleben. Hört das Mädchen auf den Namen Chelsea, steht der Name dafür, dass Eltern neue Wege gehen. Steht im Familienbüchlein nicht Kevin, sondern Jean-Jacques, könnte da die Hoffnung der Eltern mitschwingen, dass aus ihrem Söhnchen einst ein Philosoph wird, der – und das wäre nicht einmal so abwegig – sich tiefschürfende Gedanken über die Freiheit macht.

Welche Rolle spielt das Alter beim Nachdenken über die Freiheit? Das Alter ist, in einer auf ewige Jugend gepolten Gesellschaft, etwas, das es geschickt zu retuschieren gilt. Fünfzig ist das neue Dreissig. Es würde mir nie einfallen, bei meinem Alter zu schummeln. Meine Lederhaut ist seit Geburt knittrig. Da nützt keine Anti-Aging-Maske mit Hyaluron. In Bezug auf die Freiheit ist das Alter für die Menschen wichtig. Hat jemand einmal Kindergarten, Schule und Ausbildung absolviert, rückt die Freiheit näher. Je älter eine Person ist, desto eher kann sie bestimmen, in welche Richtung sie gehen möchte. Denkt der Mensch. Doch er irrt. Dazu später mehr.

Die Freiheit, von der ich rede

Es gibt Menschen, die davon überzeugt sind, dass jeder Zoo die Tiere einsperrt. Manchmal kommt es zu kleinen Protestaktionen vor dem Zooeingang. Die Demonstrierenden fordern die Freilassung von uns Tieren. Aber wo sollte ich dann hin? Zurück

nach Sri Lanka? Dort sollte ich Freiheit finden? Als Elefantendame, die in einem Zoo lebt und dies nicht als schwieriges Los
empfindet, würde ich den Demonstrierenden gerne sagen: Überlegen Sie doch einmal, was Freiheit ist. Bedeutet Freiheit, durch
die Bambuswälder zu streifen? Stundenlang marschieren, mit
meinem wiegenden Gang, als Chefin den Weg finden und meine
Sippe und mich vor Tigern – und Menschen – in Sicherheit zu
bringen? Es wird Sie erstaunen. In Sri Lanka sind Elefanten nicht
beliebt. Wir trampeln den Leuten ja alles nieder. Ananasplanta-
gen, Bauernhütten und Sicherheitszäune. Menschen und Tiere
sind eben selten ein Herz und eine Seele. Die Demonstrierenden
sind der Meinung, dass ein so grosses Tier wie ich nur dann
mit seinem Elefantenleben zufrieden sein kann, wenn es in der
freien Natur lebt. Da haben wir sie wieder, die Freiheit. Mir ge-
fällt es sehr gut im Zoo in Zürich. Der Bambus schmeckt lecker,
und ich kann nach Lust und Laune herumspazieren. Warum ich
zufrieden bin mit dem Raum, der mir zugebilligt wird? Weil die
Freiheit, von der ich rede, im Kopf stattfindet. Das ist der Unterschied zwischen mir und den Menschen.

Sehnsüchtiges Warten im Hausarrest

Im März 2020 kam der Lockdown. Für viele Menschen war das
ein richtiger Schock. Alles, alles war plötzlich geschlossen: Fit-
nesscenter, Kino, Clubs, Zoo, Restaurant, Schulen, Kleiderläden,
Bibliotheken, Kindergarten, Hallenbad. Wer konnte, arbeitete im
Homeoffice. Bademeister, Zumbainstruktorinnen, Yogalehrerin-
nen, Fitnesscoaches, Bibliothekarinnen, Museumsangestellte,
Gärtner, Schauspielerinnen, Sänger, DJ – sie sassen zu Hause
fest und durften nicht mehr im öffentlichen Raum arbeiten oder
auftreten. Hausarrest sozusagen. Der Bewegungskreis blieb auf
die Wohnung beschränkt. Eltern und Kinder mussten sich auf

engem Raum neu organisieren. Der gewohnte Alltag brach weg. Der Notstand machte den Menschen deutlich, dass Sicherheit ein Wunschdenken ist. Von einem Tag auf den anderen mussten sie die Normalität der Coronapandemie opfern. In dieser ungewöhnlichen und psychisch belastenden Situation, zu Hause herumsitzend, wurde sehr schnell ein sehnsüchtiges Warten auf die Rückkehr zum gewohnten Alltag. Das Coronavirus macht eines deutlich: Der Mensch ist des Menschen grösste Gefahr. Die Menschen in der Schweiz sind sich daran gewöhnt, Raum einzunehmen, und Raum zu besitzen. Vielleicht finden Sie diese Wortwahl übertrieben, und Sie fragen sich, wie eine Elefantendame auf die Idee kommt, dass der Mensch Raum besitzt. Der Mensch definiert sich zu einem grossen Teil darüber, wie viel Raum er beanspruchen kann. Lebt jemand in einer Einzimmerwohnung, mit einer Kochnische und ohne Badewanne, wird er bescheiden haushalten müssen und keinen Platz für ein King-Size- Doppelbett haben. Lebt eine alleine in einer Fünfzimmerwohnung, mit Ruderbank, Laufband, Bibliothek, Atelier und einer Sofalandschaft im prächtigen Wintergarten sowie einem Himmelbett mit einem roten Baldachin aus Samt, dann ist sie Herrin über verschwenderisch viel Raum. Mit viel Geld kann man auch viel Raum besitzen. Der Dichter Friedrich Schiller dachte auch schon darüber nach und er schrieb: «Der Mensch hat keinen anderen Wert als seine Wirkung.» Sehr wahr und sehr bitter.

Alles, alles mein

Die Freiheit, von der ich rede, findet im Kopf statt. Das ist der Unterschied zwischen mir und den Menschen, die vor meinem Gehege stehen und mich mitleidig anschauen. «Im Gegensatz zu Ceyla-Himali bin ich frei», denken die Menschen. «Ich lebe nicht in einem Gehege, werde nicht den ganzen Tag von Besucherinnen und Besuchern angeglotzt. Ich kann entscheiden, ob ich mit dem Schiff von Biel nach Solothurn fahren oder ob ich mit der Bergbahn auf den Säntis möchte. Kebab oder Frühlingsrolle? Tango oder Walzer? Kino oder Opernhaus? Alles, alles, bestimme ich selber. Ist diese Elefantendame nicht zu bedauern? Sie kennt nichts anderes als die künstliche Landschaft, ein paar Quadratmeter – hin und her Spazieren, Fressen, Schlafen. Wie schrecklich so ein Elefantendasein in einem Zoo doch ist. Wie frei ich doch bin» – denkt der Mensch. Die Freiheit, von der die Menschen reden, braucht aber unendlich viel Raum, damit sich die Menschen ausbreiten und sagen können: «Alles mein.» Sie denken, dass sie ihre Schritte selber lenken. Das ist ein grosser Fehler. Der Mensch erkauft sich seine Freiheit. Er zahlt Cash dafür, in den vorgespurten Wegen zu marschieren, seit Tausenden von Jahren immer auf den gleichen Pfaden. Er strebt nach Freiheit – und je mehr er danach strebt, desto enger ziehen sich die Maschen seines selbstgeknüpften Netzes zusammen.

Wenn Sie jetzt rufen, aber Sie, Elefantendame, Sie sind doch eine Gefangene in diesem Zoo, dann täuschen Sie sich sehr.

Nicht das Materielle schenkt dem Menschen Freiheit. Er kann wohl jeden Tag eine steile Felsenschlucht hinaufklettern. Er kann zwanzig Mal an einem Triathlon teilnehmen und bis übers Limit hinaus in die Pedale treten. Auch das dreissigste Bild mit Margeriten und Mohnblumen schenkt der Künstlerin noch Freude: Menschen finden Erfüllung, wenn sie mutig, ausdauernd und kreativ sind. Doch durch all das binden sie sich nur noch enger an das Irdische und ans Materielle. Denn um diese Freiheiten leben zu können, braucht es Geld für Kletterseile. Ein Rennrad. Leinwand. Farbe und Pinsel. Das sind die monetären Fesseln, von denen weder der Kletterer, die Triathletin noch die Blumenmalerin etwas hören wollen. Freiheit bedeutet für viele Menschen: Aktiv sein, Machen, Tun, Gestalten, Planen, Entwerfen, Erarbeiten. Damit die Mitmenschen sehen: Wow! So strebsam! Der Hausarrest während des Lockdowns machte den Leuten eines deutlich. Sie wurden in die Schranken gewiesen. Sie erlebten ein radikales Beschneiden ihrer Allmacht. Schnippschnapp, aus und vorbei mit dem Sichausbreiten. Schnippschnapp, aus und vorbei mit dem Raumbesitz in der Öffentlichkeit. Vorbei mit Fussball und Hockey spielen. Vorbei mit dem Tanzen bis zum Morgen. Vorbei mit der Spätvorstellung im Kino. Vorbei mit dem Galeriebesuch. Vorbei mit dem Chorgesang. Vorbei mit dem Tanznachmittag bei der Pro Senectute.

Die Bewegungsfreiheit des Menschen hat auch noch eine andere Bedeutung, nämlich die, durch die Beanspruchung des öffentlichen Raums seinen sozialen Status zu kommunizieren. Wer mitmacht und dazugehört hat ein gesundes Selbstvertrauen. Wer immer verzichten muss, weil kein Geld da ist, um einmal ins Hallenbad oder ins Kino zu gehen, kein Geld, um ein Instrument zu spielen, oder kein roter Heller, um mich, die Elefantendame zu besuchen, der verliert sein Selbstvertrauen. So wie man einen Schirm und einen Hut verliert. Und auch wenn er sucht, der Mensch, nach Selbstvertrauen, Schirm und Hut, es ändert sich nichts an seiner Situation, wenn er nicht bezahlen kann. Weil er dann nicht mitmachen und dabei sein kann. Weil er sich keinen einzigen Quadratmeter öffentlichen Raum leisten kann.

Ich habe keinen Besitz – so wie alle anderen Tiere hier. Das ist der wesentliche Unterschied zwischen Menschen und Tieren. Der Mensch strebt danach, zu haben und zu besitzen, damit er sich definieren und seinen Platz in der Gesellschaft markieren kann. Ich bin frei von diesem Zwang. In meinem Gehege klingelt kein Wecker morgens um sechs. Ich bin nicht neun Stunden pro Tag damit beschäftigt, Geld zu verdienen, damit ich entweder mit knapper Müh und Not die Rechnungen bezahlen kann oder damit ich Kohle habe, um mich zu verwirklichen. Ich muss keine Miete bezahlen, habe keine Krankenkasse, keine Versicherungen, kein Auto und kein Generalabonnement, doch auch wenn Sie es kaum glauben können: Ich liege nicht in Fesseln gekettet da. Im Gegensatz zum Menschen. Je mehr der Mensch besitzt, desto freier fühlt er sich. Glaubt er. Doch das ist ein grosser Trugschluss. Wer viel hat, der kann viel verlieren. Ich besitze nichts.

Ich kann auch nichts verspielen. Das ist die Freiheit, von der ich rede. Ich muss nichts anders sein, als wer ich bin. Eine Elefantendame. Mein Elefantsein ist die einzige Existenzform, die ich kenne. Und brauche. Alle anderen Existenzen haben für mich keine Bedeutung.

Grüsse von Robinson Crusoe

Während des Lockdowns konnten viele Menschen nicht mehr in ihrer gewohnten Rolle agieren. Wer nicht mehr zur Arbeit konnte, musste sich in der auferzwungenen Isolation neu orientieren. Doch woran orientiert sich der Mensch, wenn die Leitplanken und Wegweiser, die durch den Alltag führen, von einem Augenblick auf den nächsten nicht mehr existieren? Zwischenmenschliche Kontakte fanden ja ausschliesslich über das Internet statt, wie ich hörte. Spontanität, Interaktionen, und Herzlichkeit blieben dabei auf der Strecke. Es vermittelte den Kindern kein wohliges Gefühl von Geborgenheit, wenn der Grossvater oder die Grossmutter das Märchen von Aschenputtel bei einem Zoommeeting vorlas. Homeschooling fiel jenen leicht, die schon im Schulzimmer zu den Besten gehörten und nun von ihren Eltern unterstützt wurden. Langsame Schülerinnen und Schüler, die mehr Zeit brauchen, um eine Aufgabe selbständig zu lösen, wurden während des Lockdowns abgehängt. Die Menschen haderten im Eingeschlossensein, weil es kaum noch ein Echo auf ihr Sosein gab. Es macht längerfristig keinen Spass, nur mit der eigenen Sippe auf einer einsamen Insel zu leben. Mit diesem Inseldasein taten sich die Menschen überaus schwer, während fast das gewohnte öffentliche Leben stillstand. Das Hineingezwungensein in die Banalität eines Lebens ohne Arbeit, ohne Freizeitrituale, ohne einen Latte Macchiato mit der Freundin oder den Samstagnachmittag mit den Kumpels des Fischereiclubs, schien kaum zu bewältigen. Und fürs Pflegepersonal war's schlicht und einfach die Hölle, weil an allen Ecken und Enden das Personal fehlte. Da war es kein Trost, als sich Herr und Frau Schweizer auf die Balkone stellten und eine Minute lang applaudierten, um den Einsatz der Pflegerinnen und Pfleger zu honorieren. Mit Applaus wird dieser Berufsstand ja nicht aufgewertet. Sechzig Sekunden Klatschen haben keine Lohnerhöhung zur Folge – ich kriege auch nicht mehr Bambus, nur weil man mich am Zaune bewundert.

Fitnesstracker? Der Herr der Sklaverei

Haben Sie sich auch schon überlegt, warum die Menschen überhaupt von einer Freizeitaktivität zur nächsten hetzen? Weil sie das Nichtstun nur schlecht ertragen. Sie brauchen immer Action, sonst wird es ihnen langweilig, und dieser Zustand schlägt ihnen ganz übel aufs Gemüt. Das unterscheidet mich von den Menschen. Ich muss nichts tun. Ich schlendere durchs Gehege. Ich greife mit dem Rüssel nach einem Bambushalm. Ich fresse. Und schlafe. Das ist alles. Ich habe kein Ziel, das ich unbedingt erreichen muss, damit ich im Leben vorwärtskomme – wenn immer möglich die Karriereleiter hinauf. Stillstand, haben Sie vielleicht auch schon gedacht, ist ein Zeichen von mangelndem Willen und null Ehrgeiz, bei euch Menschen ein absolutes No-Go. Einer der keinen Ehrgeiz hat, der keine Ziele erreichen will, so jemand macht sich verdächtig, das System des immer Höher, immer Weiter, immer Schneller zu sabotieren. So einer weckt bei den Strebsamen den Verdacht, dass da jemand aus der Reihe tanzt und sich ins Fäustchen lacht, weil er das Leben im Gegensatz zu den Ehrgeizigen von der leichten Seite nimmt. Mancher und manche beneiden so einen Unbeschwerten.

Die Zielstrebigen ergeben sich dann womöglich den süssen

Träumen eines entschleunigten Lebens. Sie spielen mit dem Gedanken, für einen Monat oder zwei nicht mehr zu rennen, weder auf dem Laufband noch durch den Wald, und sie träumen davon, den Fitnesstracker in den nächsten Fluss zu werfen. Sie bilden sich ein, wieder einmal Zeichenblock und Kohlestift hervorzuholen, am See zu sitzen und ein Boot zu zeichnen. Sie stellen sich auch vor, wie sich ein zweimonatiges digitales Fasten anfühlen würde. Zwecks Inspiration suchen sie den Zoo. Hier führt die Gemächlichkeit das Zepter. Zurück im Alltag schnürt der Mensch wieder seine Laufschuhe, hastet los, reizt sein Limit aus und strukturiert sein Leben für die nächsten 365 Tage. Während er dann rennt und plant, denkt er an mich, die Elefantendame – immer so langsam, kein Ziel und keine Pläne. Und doch lebt der Mensch lieber voll am Limit. Auch wenn ihm beim Rennen der Atem ausgeht.

Selbstbestimmung? Was für ein Witz!

Als der Lockdown endlich vorbei war, besuchte mich eine junge Philosophiestudentin. Sie musste eine Semesterarbeit über, ja, Sie haben es erraten, die Freiheit schreiben. Sie liess sich für das erste Kapitel von der – etwas – geschönten Schweizergeschichte inspirieren und grübelte tagelang, an ihrem Schreibtisch in ihrem WG-Zimmer, über Willhelm Tell nach. Was wollte der Verfasser, Friedrich Schiller, der deutsche Dichter, ihr sagen? Der gute Willhelm war keine historische Person, aber die Sage über ihn macht deutlich, worum es dem Helden mit der Armbrust ging: um nichts weniger als Selbstbestimmung. Nachdem die Philosophin das erste Kapitel der Semesterarbeit verfasst hatte, fragte sie sich, an einem Chai Latte nippend, welche Bedeutung Selbstbestimmung für sie hat. Da verging ihr die Lust am Getränk, und der Ingwer im Schwarztee schmeckte nicht mehr scharf und würzig, sondern schal.

«Selbstbestimmung?», fragte sich die junge Dame, «was um Himmelswillen bestimme ich in meinem Leben selber? Habe ich mich zwar nicht aus freien Stücken fürs Philosophiestudium entschieden? Für dieses Zimmer in dieser WG? Für diese Universität? Klar doch. Selbstbestimmung.» Das, dachte die Studentin, war der Grund, warum sich Willhelm Tell mit Gessler angelegt hatte. Willhelm hatte es bis oben hin satt, sich von diesem tyrannischen Habsburger unters Joch zwingen zu lassen. «Fremdbestimmung? Sicher nicht», rief damals Tell und schulterte die Armbrust.

«Und ich?», grübelte die Philosophiestudentin. «Lasse ich mich auch von einem Habsburger unters Joch zwingen? Habe ich das wirklich frei entschieden – Studium, Universität, WG-Zimmer? Nein, das ist keine Selbstbestimmung, das ist die Wahl zwischen verschiedenen Möglichkeiten. Ich habe», dachte die junge Dame geknickt, «mich bloss für die bestmögliche Option entschieden, für den Weg, der meinem Leben am meisten Sinn gibt. Nachts in einer Putzkolonne arbeiten und Computerbildschirme abstauben und den Papierkorb leeren, würde mich nicht dort hinbringen, wo ich möchte. Denn ich will, wenigstens wenn ich das Studium beendet habe, meinen Weg in die Freiheit antreten.» Die junge Frau trank doch den letzten Schluck ihres Tees. Und schluckte damit die Frage der Selbstbestimmung herunter.

«Selbstbestimmung? Was für ein Witz», sagte sie sich. Könnte sie selber bestimmen, würde sie lieber in einer Holzhütte im Wald leben, Pilze sammeln, solche mit und ohne Psilocybin. Jeden Abend am Feuer sitzen und über das wahre Leben in der freien Natur philosophieren. Doch das war nur ein Traum. «Möglich wäre es», dachte die junge Dame betrübt, «in einer Holzhütte im Wald zu leben und Pilze mit oder ohne zu suchen.» Aber, und das war der entscheidende Punkt, sie war, und das liess sie vollends kapitulieren, zu feige, um diesen so radikalen Weg der Selbstbestimmung zu gehen. Da wäre zuallererst die Frage, wie sie denn die Krankenkasse bezahlen könnte, wenn sie kein Stipendium mehr bekam. Womit sollte sie sich Essen kaufen, wenn die Eltern sie nicht mehr finanziell unterstützen würden? Und – diese Feststellung war sehr bitter – sie konnte schlicht und einfach nichts mit ihren Händen verfertigen. Sie konnte kein Handwerk ausüben, um sich ein paar Franken zu verdienen.

Träume im Kerker

In diesem Elend entschloss sich die Philosophiestudentin zum Zoobesuch. Sie setzte sich in einen Korbsessel auf ihrer Seite des Zauns und schaute mir zu, wie ich mit meinem Rüssel nach dem Heu griff, das in einem Sack verstaut von der Decke hing. Ich konnte ihr Elend fühlen, und um der jungen Dame mein Mitgefühl kundzutun, trompete ich laut und kräftig. Sie erschrak sehr und war innerhalb von zwei Sekunden hellwach. «Schauen Sie», sagte ich zu ihr, «der Traum von der Holzhütte im Wald ist genauso eine Illusion wie die angebliche Selbstbestimmung. Ich, die Elefantendame, muss in meinem Leben ja keine Entscheidungen fällen. Eine Lehre im Detailhandel? Ein Studium? Eine Wohnung? Ferien in Schweden – oder in Thailand? Ich muss mich nie für etwas festlegen. Das macht mein Leben, im Gegensatz zu Ihrem, um so vieles einfacher».

Oft muss sich der Mensch für jene Möglichkeit entscheiden, die mehr Cash in der Lohntüte verspricht. Er muss sich bestimmen lassen – von Krankenkasse, Versicherungen, Miete und den hohen Lebenskosten in der Schweiz. Es gibt so unendlich viele gesellschaftliche Normen und ungeschriebene Gesetze, an die sich die Menschen halten, weil es einfacher ist, als sich einen eigenen Weg durch den Lebensdschungel zu bahnen. Die gesellschaftlichen Regeln und die Konsumautobahnen bestimmen über jeden Einzelnen. Wer einen Umweg statt der schnurgeraden Strasse nimmt, braucht Mut und Durchhaltewillen.

«Haben Sie den Mut, alleine im Wald zu leben, mit einer Axt

und einer Schachtel Zündhölzer? Das heisere Bellen des Fuchses in der Nacht wird Ihnen Angst einjagen. Die düsteren Kauzenrufe werden Sie nicht schlafen lassen. Der Qualm des nassen Feuerholzes wird in Ihnen den Wunsch wecken, alles hinzuschmeissen. Und die nächste Autobahneinfahrt anzupeilen. Der Traum der Selbstbestimmung, meine Liebe, verlangt eine grosse Portion Willenskraft, und diese schwindet schon mit der Kälte der ersten Nacht. Friedrich Schiller hat es sehr treffend formuliert, nicht wahr: ‹Die schönsten Träume von der Freiheit werden im Kerker geträumt.› Aber, wenn Sie den Mut haben, gegen den Strom zu schwimmen, dann bauen Sie sich eine Hütte im Wald.»

Die junge Dame sass geknickt im Korbsessel und sah mir zu, wie ich wieder das Heu aus dem Sack zupfte. «In der Bibel gibt es dazu einige sehr schöne Worte: ‹Schwimmt nicht mit dem Strom›, schrieb Paulus vor 1966 Jahren in seinem Brief an die Römer, ‹sondern macht euch von den Strukturen dieser Zeit frei, indem ihr euer Denken erneuert.› Freiheit hat eben viel mit dem Denken und weniger mit den physischen Grenzen zu tun. Zum Beispiel meinem Zaun.» Es war nicht das erste Mal, dass zweifelnde Menschen in den Zoo kamen, weil sie in diesen Zeiten keine Möglichkeit sahen, mit ihrem Leben vorwärtszumachen. Ja, es hilft den Menschen, wenn sie mir zuschauen, wie ich mit meinem Rüssel eine Nische in der Felswand abtaste, einen Apfel herausfische und in mein Maul stecke. Der Mensch ist ein kompliziertes Geschöpf, im Gegensatz zu mir, der Ceyla-Himali. Er braucht so viel Sicherheit und Selbstbestätigung – und trotz allem wird er nervös, wenn sein Zug von Zürich nach St. Gallen zehn Minuten Verspätung hat und er selbst nicht mehr nach dem Taktfahrplan funktionieren kann. Das bringt ihn aus dem Konzept. So war es auch mit der Philosophiestudentin. Sie blickte auf die Uhr, sprang erschrocken vom Korbsessel auf – ein Uhr mittags. In einer Stunde musste sie an der Universität sein. Die nächste Vorlesung durfte sie auf keinen Fall verpassen! Den Traum von der Holzhütte und den Pilzen mit oder ohne sperrte sie in einen Safe, und um nicht mehr in Versuchung zu kommen, liess sie den Schlüssel zu ihren Träumen in den nächsten Abfalleimer fallen. «Nur nicht träumen», sagte sich die junge Dame, als sie noch einen Blick über die Schulter warf und mir mit der Hand zuwinkte. «Nur nicht träumen. Sonst ist die Realität sehr bitter.»

Der stromlinienförmige Mensch

Ich habe keine Beziehung zur Zeit, denn Zeit, so wie sie der Mensch definiert, existiert in meinem Leben nicht. Ich fresse Heu, wenn ich Lust darauf habe. Ich puste mit meinem Rüssel Sand auf meinen Rücken, wenn mir nach einer Sanddusche ist. Ich streife durchs Gehege, weil ich mich gerne bewege. Nach einem Taktfahrplan lebe ich nicht.

Warum dürstet der Mensch so sehr nach Selbstbestimmung, wenn er sich doch nicht getraut, seinen gläsernen Käfig zu verlassen, wenn ihm der Mut fehlt, das gewohnte Trassee hinter sich zu lassen und radikal anders zu leben? Der Mensch muss immer die Fassade wahren, weil sonst alle in den gläsernen Käfig seiner Persönlichkeit hineinsehen können. Er verwendet viel Energie darauf, dem Schein zu genügen. So vieles, was er tut, ist nur Schall und Rauch. Warum nimmt er diese Mühe auf sich?

Als Elefantendame habe ich keine Fassade, die ich hübsch herrichten muss. Eitelkeit, Egoismus oder das Streben nach einer Karriere sind mir fremd. Das ist die Freiheit – von der ich rede. Nicht in vorgespurten Wegen marschieren, um zu gefallen, und nicht tausenderlei Dinge richtig und gesellschaftskonform ausüben, um geliebt zu werden, und nicht nach Normen streben müssen, die mein Leben zu einem einzigen Hindernislauf machen. Freude am Dasein, das ist das Einzige, was mich bewegt. Nichts müssen und alles können, was mein Elefantenherz begehrt. Im Herzen bin ich frei.

Das ist auch das, was sich der Mensch wünscht. Er strebt zwar danach, doch es macht sein Leben sehr kompliziert. Unabhängig will er sein. Aber er wird es nie werden: Denn vom ersten Tag an ist der Mensch in die Abhängigkeit gezwungen. Zuerst ist das Menschlein abhängig von den Eltern, es muss gefüttert und gewickelt werden. Tagesstätte, Kindergarten, Schule, Ausbildung: eine unendliche Disziplinierung und Anpassung an Normen und Regeln. Und der Mensch macht sich diesen Drill zu eigen, denn stromlinienförmig soll er sein. Stellen Sie sich einmal einen Zoo vor, in dem nur stromlinienförmige Tiere leben. Alle Tiere sähen wie Pinguine aus. Ich wäre ein Elefantenpinguin. Die Giraffe wäre ein Giraffenpinguin. Die Tigerin eine Tigerinpinguinin. Wir schwämmen alle im Wasser. Ich mit einer knittrigen Haut. Der Giraffenpinguin mit diesen braunen Flecken. Die Tigerinpinguinin mit ihren Streifen. Lauter Pinguine. Wäre das nicht total langweilig?

Das interessante an einem Zoo ist, dass es so viele verschiedene Tiere gibt. Felsensittiche mit kräftigen grünen Rückenfedern und einem orangen Bauch. Sonnensittiche, gelb mit blauen Schwanzfedern. Dottertukane – himmelblau mit einem grossen, kräftigen Schnabel. Der Scharlachibis in schickem, kräftigen Pink. Wie fade doch eine Welt wäre, wenn's nur Pinguine gäbe. Interessant finde ich, dass die Menschen oft über die Individualität der Tiere nachdenken, wenn sie mir beim Fressen zuschauen. Was für eine Frage. Jedes Tier ist anders. Ich habe eine graue Haut. Der Leguan schmückt seine mit Grün. Das Zebra trägt einen coolen Schwarz-weiss-Look. Die Antilope führt ein dezentes Braun vor. Der Pinguin kommt im schwarzen Frack, der Storch mit weissem Gewand und rotem Schnabel daher. Während ich zum Bambus spaziere, studiere ich die Menschen. Sie gleichen sich so sehr – tragen in der Regel schwarze Goretexjacken, Blue Jeans, dunkle Trekkingschuhe, holen aus dem dunklen Rucksack eine schwarze Wasserflasche und essen ihre mitgebrachten Sandwiches, aus Schwarzbrot. Warum kleiden sich die Menschen nicht so bunt wie der Felsensittich? Weil der Mensch sich in der Herde verstecken will.

Orange Boots und eine dumme Frage

Kürzlich sass eine U60-Dame in einem der Korbsessel vor meinem Gehege. Sie trug knallorange Boots. So orange wie der Sonnenuntergang, wenn der Sand von der Sahara über die Schweiz geweht wird. Orange Stiefel! So was habe ich hier noch nie gesehen. Ich schaute mir die Dame genauer an. Auch Rucksack und Schal waren orange. Vielleicht hat sie eine orange Phase. Picasso hatte eine rosarote und eine blaue. Sie trug eine Schirmmütze, wie das Mädchen im Film «The Kid» mit Charlie Chaplin. Interessiert verfolgte sie, wie ich Heu aus einem Sack schnabulierte.

«Ist Ihnen nie langweilig?», fragte sie mich plötzlich.

«Langweilig? Hm, da muss ich mal kurz darüber nachdenken. Was verstehen Sie unter Langeweile?» Ich hatte wirklich keine Idee.

«Gestatten Sie, dass ich mich kurz vorstelle. Ich bin eine hippe Aussteigerin. Ex-Bankerin mit einem fetten Ex-Leben. Alles war fett: Salär, Arbeitstage, Eigentumswohnung, Partys und Ferien. In all den Jahren war es mir langweilig. Es wollte nie Mittag werden und am Abend dachte ich immer noch das Gleiche wie am Morgen.»

«Nein, so was kenne ich nicht», musste ich zugeben.

«Fragen Sie sich nie, was der Sinn ihres Lebens ist?»

«Nein, auch diese Frage ist mir fremd. Ich wundere mich aber immer darüber, warum der Mensch sich diese Frage so oft stellt. Er dreht jeden Stein um, weil er denkt, darunter könnte die Antwort liegen.»

«Tja, mit dem Sinn des Lebens ist das so eine Sache», fuhr ich fort. «Für mich ist das Leben, von aussen betrachtet, ziemlich banal. Ich bin einfach hier, fresse Heu und angle nach einer Orange, betrachte die Besucherinnen und Besucher – und manchmal tun sie mir leid, weil sie so krampfhaft nach dem Lebenssinn jagen. Entschuldigen Sie meine Direktheit. Aber die Frage nach dem Sinn des Lebens ist eine Dummheit. Müssten Sie sich denn nicht bei jeder Tätigkeit fragen, macht es Sinn: Macht es Sinn, jeden Tag eine halbe Stunde Qigong zu üben, damit man mit dem Stress am Arbeitsplatz klarkommt? Macht es Sinn, abends in der Migrosklubschule einen Acrylmalkurs zu besuchen, damit man das kreative Potential ausleben kann? Leuchtet es ein, jeden Tag die Zeitung zu lesen, wenn die Nachrichten immer die gleichen sind und sich eigentlich nur das Datum der Ereignisse ändert? Führt es zum Ziel, einen Berg hinaufzuschreiten, um sich im Gipfelbuch eintragen zu können? Ist es überhaupt schlau, am Morgen aufzustehen?»

Ich schritt zu den Kratzbäumen, und drückte mich an einen Stamm. Es ist wie eine Massage und soo was von angenehm. Menschen wellnessen, und ich mache das auch. Trotz des erheblichen Grössenunterschiedes sind wir uns doch sehr ähnlich. Ich steckte mir noch ein Büschel Heu in das Maul und kehrte zurück zur Dame in Orange.

«Wissen Sie», nahm ich das Gespräch wieder auf, «für mich ist das alles nicht plausibel. Der Mensch übt sich nur in einer unendlichen Wiederholung: Jeden Tag das gleiche Einerlei, im Hamsterrad rennen und von der Freiheit träumen. Ob Willhelm Tell tatsächlich für dieses Einerlei kämpfte? Die Menschen in der Schweiz haben sein Erbe angetreten. Gross schrieben sie sich das Wort ‹Freiheit› aufs Banner. Doch der Mensch fürchtet sich vor der Freiheit, denn Freisein heisst eben gerade, nicht mehr nach Schema F zu leben. Friedrich Schiller formulierte das ebenso sehr weise: ‹Auch die Freiheit muss ihren Herrn haben.› Der Mensch scheut sich, sein eigener Herr und Meister zu sein und nicht mehr nach dem Taktfahrplan zu funktionieren. Das ist es, was die Menschen heute vereint, dieses Funktionieren. Jeder ist eine Maschine, deren Unterhalt aber ist eine zeit- und ressourcenaufwändige Angelegenheit.»

Ich naschte noch ein Büschel Heu und liess es mir schmecken, bevor ich hinzusetzte: «Der Mensch will funktionieren, damit es nicht zu einer Betriebsstörung in seinem Leben kommt und damit er die Leistung, die über Sein und Nichtsein entscheidet, erfüllen kann. Er sucht nach Anerkennung. Deshalb ist er bereit, viel zu leisten. Ich strebe nach nichts. Deshalb frage ich nicht nach dem Lebenssinn. Auch für die Liebe leisten die Menschen viele Verrenkungen. Sie arbeiten immer auf das Ziel hin, der Liebe würdig zu sein. Für viele Menschen ist das Leben vertan, wenn sie nicht geliebt werden. Und Liebe definieren sie immer als Zweierbeziehung. Es braucht immer einen Mann und eine Frau oder Mann und Mann beziehungsweise Frau und Frau. Die Krönung der Liebe ist die Heirat. Ist es nicht absurd, die Liebe als Zweierkiste festzulegen? Ich weiss auch nicht, warum die Menschen so gepoolt sind», sagte ich zu der Dame. «Vielleicht haben sie einfach Angst vor der Einsamkeit. Furcht davor, am Wochenende alleine vor dem TV zu sitzen. Der Gedanke, für andere Menschen nicht attraktiv zu sein, erschreckt sie. Das ist einer der Unterschiede zwischen mir und den Menschen. Ich lebe in einer Gruppe, und wir sind uns alle herzlich zugetan. Ich muss mich nicht wie ein Schlangenmensch verrenken, um Zuneigung und Liebe zu erhalten.»

Die Liebe ist ein arg strapaziertes Gefühl

Ich schritt zum Aussenbereich, schaute kurz zurück, und nach kurzem Zögern folgte mir die Dame. Ach, wie erfrischend! Wenn ich mit Besuchern und Besucherinnen so intensive Gespräche führe, dann brauche ich zwischendurch eine kleine Bewegungspause. Ich zupfte einen Bambushalm ab und kaute genüsslich.

«Manchmal kommen frisch verliebte junge Pärchen zu Besuch. Sie halten Händchen, schauen sich tief in die Augen – und beachten mich und meine Familie nicht, weil wir keine Schmetterlinge im Bauch fliegen lassen. Sie zelebrieren ihre Zweisamkeit im Zoo, weil alles, wenn man frisch verliebt ist, ein kleines Abenteuer ist.»

«Ach», wandte die Dame ein, «die Liebe ist ein arg strapaziertes Gefühl. Es braucht so viele Liebesbeweise.» Sie seufzte schwer und nahm einen Apfel aus dem Rucksack. In einvernehmlichem Schweigen machten wir eine Zvieri-Pause.

«Die Menschen sind davon überzeugt, dass die Liebe ewig gleichbleibt», sagte sie. «Dabei verändert sich die Liebe, so wie sich Bäume wandeln, wenn der Herbst durchs Land fegt und ihm der Winter hinterdreinjagt. Der Sommer der Liebe ist berauschend, weil alles leicht und froh ist. Kommt der Liebesherbst, machen sich eine Unzufriedenheit breit, Langeweile. Man nervt sich gegenseitig, weil der Glanz weg ist. Aus der Liebesbeziehung wird ein Lebensabschnittspartner. Im Winter ist man wieder als Single unterwegs und sehnt sich erneut nach dem Sommer. Aber – die Liebe vergeht, wie eine Schneeflocke im ersten Sonnenschein im April.»

«Wissen Sie», wandte ich ein, «die Liebe verlangt Opfer, und sie verträgt sich meiner Meinung nach schlecht mit der Freiheit. In einer Beziehung muss man sich zurücknehmen können. Liebende lassen sich noch so gerne in ihrer Freiheit einschränken. Dort, wo die Freiheit des anderen beginnt, hört meine Freiheit auf. Friedrich Schiller, von dem Sie sicher gelesen haben, dachte auch darüber nach und schrieb: ‹Es macht der Freund des Freundes Ketten zu den seinen.›»

«Es sind die Liebe und die Arbeit, die einem Menschen seinen Wert in einer Gesellschaft geben. Er will gefallen, begehrt – und gebraucht werden, damit er seine vergängliche Existenz ertragen kann. Er sucht die Liebe, und er verschenkt sie, um sich lebendig zu fühlen und um darüber hinwegzukommen, dass am Ende, wenn die Zeit des Lebens aufgebraucht ist, nicht viel mehr bleibt als sein Name und ein Datum auf dem Grabstein.»

«Wie wahr», erwiderte die Dame, «Liebe ist eine Empfindung und kein Objekt. Der Mensch will besitzen, was er liebt. Er klammert sich an das, was er hat, weil er Angst hat, Angst vor seinem Statusverlust.»

Ich schritt zum Wasserbecken, testete mit dem Rüssel die Temperatur. Ah, genau richtig für ein erquickendes Fussbad.

«Glauben Sie an Gott?» Die Dame sah mich neugierig an.

«Nein. Doch der Mensch neigt dazu, sich permanent um ein Zentrum herum zu organisieren. Arbeit, Marathontraining, Familie, Weiterbildung, Reisen oder Kunst. Er braucht einen Fixpunkt, von dem er ausgehen kann, einen Standort, damit er immer wieder mal eine Standortbestimmung vornehmen kann oder damit er die Richtung ändern und direkt das Ziel anpeilen kann. Er glaubt an einen Gott, weil ihm dieser eine Richtung vorgibt. Der Glaube ist wie ein Kompass.»

Ich stapfte genussvoll durch das Wasser und weil es so schön war gönnte ich mir auch noch eine ausgiebige Dusche.

«Was ich interessant finde», erzählte die Dame, «ist die Tatsache, dass der Mensch, der doch über alles die Kontrolle behalten will, einen Gott anruft und ihn darum bittet, ihn durch die Schattentäler des Lebens und auf die sonnigen Gipfel des Glücks zu führen. Ich tue mich schwer damit, mein Leben in die Hände einer Gottheit zu legen und dabei zu sagen: ‹Lieber Gott, führe mich auf den richtigen Weg.›»

Die Bedeutungslosigkeit eines Lebens

«Wissen Sie», sagte ich, «das Schwierigste für den Menschen ist, den Gedanken der eigenen Bedeutungslosigkeit auszuhalten. Nichts hat Bestand, alles zerrinnt in den Händen und verliert sich wie ein Sandkorn in der Wüste Gobi. Der Mensch sehnt sich halt nach einer unzerstörbaren Ewigkeit, dürstet danach, dass sein Leben, sein Wirken und sein Denken Bestand haben, so ewig und unverrückbar wie das Matterhorn, ein massiver Felsen, dem auch die Tsunamis, die das Leben hin und her schleudern, nichts anhaben können. Deshalb vertraut der Mensch auf einen Gott. Dieser hat die Welt erschaffen. Hat das Licht von der Finsternis getrennt. Den Tieren und den Menschen seinen Odem eingehaucht, auf dass sie leben. Dieser Gott ist für die Gläubigen wahrhaftig und beständig, von einer Ewigkeit bis in die nächste. Sie sehnen sich so sehr nach Beständigkeit, dass sie ans Unmögliche glauben und sich daraus eine Wirklichkeit stricken, die weit über ihr irdisches Dasein hinaus wirkt. Sie hoffen auf das ewige Leben nach dem Tod und auf ein Leben ohne Not und Leid, ein Leben in Gottes ewiger Liebe.»

«Jetzt mal angenommen, es gibt einen liebenden und fürsorglichen Gott, warum hat er, als er den Menschen schuf, all diese Abhängigkeiten erschaffen?» Die orange Dame war hartnäckig.

«Das ist Gottes Möglichkeit, die Menschen dazu zu bewegen, an ihn zu glauben. Wäre der Mensch ein absolut autonomes Geschöpf – losgelöst von der Tyrannei eines physischen Körpers –, dann gäbe es für ihn keinen Grund, an Gott zu glauben. Der Mensch ist nicht die Krönung der Schöpfung. Er ist der Versuch Gottes, jemanden zu schaffen, um seine *Schöpfung*, die Sonne, den Mond, Sterne, Bäume, Blumen, Tiere und Meere zu ehren. So jemanden brauchte er. Was ist ein Künstler, wenn niemand sein Werk bewundert? Als Gott den Garten Eden erschaffen hatte, sass er lange unter dem Baum der Erkenntnis. Er hatte ein monumentales Werk vollbracht. Doch er fühlte sich sehr einsam. So gestaltete er den Menschen, damit er weiter etwas zu tun hatte, nämlich seinen Geschöpfen den richtigen Weg zu weisen. Würden sie Gott nicht als höchste moralische Instanz akzeptieren, dann hätte der Allmächtige nichts zu tun. Es gab Zeiten, in denen Gott sehr an seiner Erschaffung des Menschen zweifelte. Zum Beispiel, als er mit wuchtiger Hand den Turm zu Babel zerstörte oder die Sintflut herniederschickte.»

«Ja», seufzte die Dame, «Gottes Zorn ist in dieser Welt allgegenwärtig. Doch sagen Sie mir eines, Ceyla-Himali, wie soll sich der Mensch damit abfinden, dass er nie frei sein wird? Ist diese Tatsache nicht der eigentliche Grund, warum sich der Mensch immer wieder mit dem Leben so schwertut? Selbstbestimmung ist doch, wenn ich über ihre Worte nachdenke, nichts Weiteres als ein Wort ohne Bedeutung. Warum strebt der Mensch trotzdem nach Freiheit?»

«Er flieht in die Illusion der Freiheit, weil er ohne Illusionen nicht leben kann. Der Mensch hängt am Tropf der Illusion. Siehe Schillers Satz vom Kerker, der die schönsten Freiheitsträume ermögliche.»

Spielen, um ganz und gar Mensch zu sein

Ich deutete mit dem Rüssel Richtung Innenbereich, denn ich liebe diese Wechsel zwischen erfrischend kalt und angenehm warm. Die Dame folgte mir und setzte sich wieder in den Korbsessel. «Schiller hat einen wunderbaren Satz über die Leichtigkeit des Lebens geschrieben», erzählte ich. «Denn, um es endlich auf einmal deutlich herauszusagen, der Mensch spielt nur, wo er in voller Bedeutung des Wortes Mensch ist, und er ist nur da ganz Mensch, wo er spielt.»»

«Ist das nicht ein wunderbarer Gedanke?», fragte ich die Dame. «Aber nun einmal zu Ihnen. Spielen Sie?»

Ich schritt zur Wand, und angelte mir einen Apfel aus der Höhle. Dann nahm ich einen Rüssel voll Sand und liess den Schauer über meinen Rücken regnen.

«Ja, mit Leidenschaft und Überzeugung. Und wie es so ist, wenn man eine hippe Aussteigerin ist, verbringe ich heute meine Zeit mit Gartenarbeit, mit Cello spielen. Aber es ist schon ein ziemlich hartes Stück Arbeit, wenn man sich für das Spielen entscheidet. Denn – und das hat mich im Nachhinein sehr überrascht – alle Freundinnen und Freunde, die ich als karrieregeile Bankerin hatte, fanden es am Anfang sehr exotisch und auch interessant, als ich aus dem Hamsterrad ausstieg. Sie kamen ein oder zwei Mal zu Besuch, sagten, wenn sie den Mut hätten, würden sie auch aussteigen, aber eben, Verpflichtungen, Sicherheit und der ganze restliche Kram waren dann doch wichtiger. Als ich zu spielen begann, musste ich auch erkennen, dass das auch sehr mit Einsamkeit verbunden war, denn plötzlich stand ich alleine da. Spielen und ganz und gar darin aufzugehen, das ist etwas, dass man auch aushalten muss. Denn man spielt alleine, weil dieses Spiel den Blick auf die Welt radikal verändert. Und dieses Radikale löst bei den meisten Menschen ein Unbehagen aus, weil das Spielen nicht Teil ihrer Welt ist.»

«Und warum sind Sie heute in den Zoo gekommen?»

«Wegen der Liebe.»

«Oh! Wie schön. Und was ist für Sie Liebe?»

«Ich habe kürzlich in der Bibel das Hohe Lied der Liebe gelesen. Dieses bedingungslose lieben, dieses sich hingeben an die Liebe. Die Liebe so erleben und erfahren und geschenkt bekommen, wie es im Hohe Lied steht, ist vielleicht auch eine Erfahrung, bei der sich der Mensch von der Geburt an viele Schichten anzieht. Wie Kleider oder Stoffhüllen, um sich vor den Enttäuschungen der Liebe und dem Leben zu schützen. Wenn man sich nicht mehr fürchtet vor dem Leben und den Enttäuschungen, dann, wenn man endlich den Weg zu sich gefunden hat, dann kann der Mensch wieder Schicht um Schicht ablegen. Aber nicht, um nackt dazustehen, sondern um sich der Liebe hinzugeben, einer Liebe, die der Mensch in sich, in seinem Innersten finden kann. Es braucht auch viel Mut, sich zu entschliessen, all die Schichten aus Tüll und Leder und Borke und Seide und Taft und Leinen und Baumwolle abzustreifen, all die Schichten, die sich um den Menschen legen, weil er enttäuscht wurde, weil er verlassen wurde. Weil er in langen und dunklen Nächten weinte, weil er keinen Schutz fand vor der sengenden Sonne des Lebens. Weil er in langen und eisverkrusteten Tagen alleine auf einem Berggrat wanderte, weil er keine Wärme fand, keine Hand, kein Herz, das ihn freundlich aufnahm. Weil es keinen Trost gab in sternenlosen Nächten und keine Hoffnung, als die Sonne jeden Tag am Horizont ihre Strahlen ausschickte und weil dieses Strahlen nur das Leid beleuchteten. Weil da keine Freude mehr sein konnte, weil das Leben, und manchmal zu oft, bitter wie Löwenzahn und stachelig wie eine blaue Distel war und ist. Und wenn man den Weg zu sich gefunden hat, dann kann die Liebe leben und tanzen und singen. Dann kann der Mensch erschaffen, Liebe, Kunst, Literatur. Dann kann der Mensch spielen, auf dem Cello, auf dem Klavier, kann mit Bällen jonglieren, kann mit Farben, Worten und Formen spielen, kann Häuser bauen, Bäume pflanzen und Blumen pflücken. Er kann auf einem Seil balancieren und er wird nicht in den Abgrund stürzen, weil die Liebe wie Flügel ist. Dann kann der Mensch fliegen, über Berge und Täler, über alle Meere, dem Himmel entgegen, dem Licht, dem Schönen und Guten entgegen. Es wird immer wieder Angst und Enttäuschung geben, auch als Liebende, und Angst und Enttäuschung schmerzen immer wieder, doch wenn man einmal von dieser Liebe, die in jedem Menschen lebt, gekostet hat, dann weiss man, sie wird nie versiegen. Aber sie wird sich verändern, wachsen, Wurzeln schlagen auf dem Grund, und sie wird genährt werden durch den Mut, sich selber zu sein und ja zu sich und seinem Leben zu sagen. Wenn der Mensch das kann, dann wird er im Licht, in der Schönheit und im Guten leben. Denn ich denke, nur die Liebe kann uns zu dem mitfühlenden Menschen formen, der in uns lebt und ans Licht strebt, der sich nach Licht sehnt, der tanzen möchte zu Trommeln und Zimbeln, der lachen möchte mit anderen Menschen und der die Liebe teilen und verschenken möchte.»

Noch lange sass die orange Dame im Korbsessel. Ich schnabulierte Heu, gönnte mir eine Sanddusche und fand es wunderschön, mit einer verwandten Seele zu schweigen, und einfach zu sein.

Die Dame schulterte ihren Rucksack, winkte mir zu und sagte: «Die Liebe ruft.»

So, für heute habe ich genug philosophiert. Sie waren ganz schön aufmerksam. Bleiben Sie freundlich. Bleiben Sie geduldig. Bleiben Sie gesund.

Wie der Prinz mit dem Schwanenflügel
das Glück fand

*Dies ist die Geschichte meines Schwanenflügels. Der Königlichen
Kreativwerkstatt. Eines Aufbruchs in dunkler Nacht. Einer
weltverändernden Demonstration. Und der Abschaffung der
Normieranstalten.*

Es ist ja nicht so, dass ich mich freiwillig für diesen Schwanenflügel entschieden habe. Und es ist auch nicht so, dass ich mich
nun sehr speziell fühle und denke, dass mich Gott so will, weil
ich ihm besonders am Herzen liege.

Die ganze Geschichte mit diesem Schwanenflügel ist schnell
erzählt: Wir waren sechs Brüder und ein Schwesterchen von kö-
niglichem Blut. Unsere Mutter starb am Wundfieber. Eines Tages
ging unser Vater, der Lavendelkönig, auf die Jagd, und er drang
dabei so tief in den Wald ein, dass er den Rückweg nicht mehr
fand. Da stiess er auf ein kleines Häuslein, in dem eine Hexe mit
ihrer Tochter lebte.

Als der König fragte, ob sie ihm den Weg aus dem Wald hinaus
zeigen könne, sprach die Hexe: «Ja, das kann ich. Aber», und sie lächelte hinterhältig, «daran ist eine Bedingung geknüpft: Wenn du
den Weg nach Hause finden willst, dann musst du meine Tochter
heiraten.» Der langen Rede kurzer Sinn. Unser Vater heiratete die
Hexentochter. Doch jedes Mal, wenn er sie verstohlen anschaute,
gruselte es ihn. So kam er zum Schluss, dass er seine sieben Kinder
in einem weit entfernten Schloss in Sicherheit bringen musste. Gesagt getan. Und dort lebten wir also fortan.

Doch eines Tages klopfte nicht unser Vater an die Tür, sondern
die Hexentochter – und schwups hatte sie uns sechs Brüder in
Schwäne verwandelt, und wir flogen davon. Nur unser kleines
Schwesterchen wurde von dem Hexenzauber verschont, denn sie
hatte sich im Wald versteckt.

Am nächsten Tag kam der König zu Besuch, und sein Töchterchen erzählte ihm die traurige Geschichte. Betrübt ging der König nach Hause. Unser kleines Schwesterchen aber machte sich mutig auf den Weg, uns zu suchen. Sie fand eine windschiefe Hütte mit löchrigem Dach und verkroch sich dort, weil der Regen gar heftig vom Himmel pladderte. Es war schon Nacht, als sie von einem heftigen Rauschen geweckt wurde. Da sah sie uns, ihre sechs Brüder, wie wir uns gegenseitig die Schwanenfedern wegbliesen und unsere Schwanenhaut abstreiften.

Gross war die Freude unseres kleinen Schwesterchens, als sie uns in die Arme schliessen konnte. «Könnt ihr denn nicht erlöst werden?»

«Das ist sehr schwierig», begann ich, «denn du darfst sechs Jahre lang nicht reden und nicht lachen, und du musst in dieser Zeit sechs Hemden aus Sternenblumen nähen.»

«Wenn es das ist, dann werde ich das auf mich nehmen,» sagte unser Schwesterchen zuversichtlich. Wir mussten wieder unsere Schwanenhaut überstreifen und flogen über den dunklen Wald dahin.

Am nächsten Tag sammelte unser kleines Schwesterchen Sternenblumen und begann zu nähen. Zum Reden hatte sie niemanden, und ums Lachen war ihr auch überhaupt nicht. Als sie das vierte Hemdchen fertig genäht hatte, streifte der Distelblumenkönig mit seinen Gehilfen durch den Wald, denn sie waren einem Hirsch auf der Spur. So entdeckten die Königlichen Diener unser kleines Schwesterchen.

Der König war hin und weg, und als sie am Abend im Schloss ankamen, wurde Hochzeit gefeiert. Unser kleines Schwesterchen sprach kein Wort und lachte nie und nähte emsig an den Sternenblumenhemdchen weiter.

Drei Kindern schenkte die junge Königin das Leben. Jedes Mal kam die Mutter des Distelblumenkönig, verschmierte ihr den Mund mit Blut und nahm das Kindchen weg. Sie sagte zum König: «Deine Frau ist eine Menschenfresserin. Sie muss auf dem Scheiterhaufen sterben.» Schweren Herzens kam auch der

König zum Schluss, dass seine junge und stumme Gemahlin eine Menschenfresserin war. So schichteten die Diener einen grossen Scheiterhaufen auf, und die junge Königin trat ihren letzten Weg an.

Als die Flammen schon am Kleid unseres Schwesterchens züngelten, vernahm sie ein Rauschen, und als sie den Blick zum Himmel wandte, erblickte sie die sechs Schwäne, die zu ihrer Rettung herbeieilten.

Schnell warf die junge Königin jedem Schwan ein Sternenhemdchen über. Nur am letzten Hemdchen, das sie für mich, ihren jüngsten Bruder genäht hatte, fehlte der linke Ärmel. Und dieser Schwanenflügel, der mir geblieben ist, sollte mich für alle Zeiten prägen.

Aber noch kurz zum Happy End: Die alte Königin verbrannte elendiglich auf dem Scheiterhaufen. Die drei Kinder der jungen Königin aber waren wohlauf und erblühten zum Leben. Und an diesem Tag feierten wir ein ausgelassenes Fest im Schloss, bis in die frühen Morgenstunden hinein und alle, von der Küchenmagd bis zum Schatzmeister, wollten meinen Schwanenflügel berühren.

Justitia – tagein, tagaus immer nur Gerechtigkeit

Am nächsten Tag rief unser Schwager, der Distelblumenkönig, uns sechs Brüder zu sich in den grossen Saal. Rote Teppiche aus Seide zierten den Boden, Kronleuchter aus Gold strahlten von der Decke. Aus Ebenholz war der Thron geschnitzt, auf dem uns der König empfing. In seiner Krone glitzerten Saphire und Rubine. Sein Gewand war aus geschmeidigem Hermelin. «Liebe Brüder», sprach der König, «es ist für mich eine ausserordentliche Freude, euch in meinem Gefolge zu begrüssen. Ein jeder von Euch soll ein ehrenvolles Amt erhalten.»

So kam es, dass der älteste Bruder Feld- und Wiesenminister wurde. Der zweite Bruder bekam das Amt des königlichen Pferdemeisters. Der dritte Bruder wurde zum königlichen Gewandmeister berufen. Der vierte Bruder sollte von nun an als Königlicher Blumenstraussminister walten. Der fünfte Bruder wurde Minister über die Königliche Nachtigallvolière.

«Und du», sprach der König und schaute mich mitleidig an, «für dich gibt es Arbeit in der Königlichen Kreativwerkstatt. Du wirst in Zukunft das Königliche Wappen auf alle Erlasse malen.»

Ich schaute ziemlich irritiert, denn ich dachte, dass auch ich ein ehrenvolles Amt erhalten würde.

«Aber, gnädiger König», hob ich zaghaft zu sprechen an, «wäre es denn nicht möglich, mich zum königlichen Briefträger zu ernennen?»

«Ach, ach», seufzte der König, «jedes Mal, wenn du einen Brief überbringen musst, werden die Menschen deinen Flügel anstarren, und das ist dir doch sicher sehr unangenehm. Wenn du hingegen in der Königlichen Kreativwerkstatt arbeitest, dann wird dir dieses Spiessrutenlaufen erspart. Es ist alles nur zu deinem Besten. Und du erhältst zudem auch jede Woche eine Kupfermünze als Lohn.»

Tja, was sollte ich dazu noch sagen. Also begann ich, jeden Tag, Stunde um Stunde, das Königliche Wappen – Justitia mit verbundenen Augen, in der Rechten das Schwert, in der Linken die Waage – hinzutupfen.

Mein Bauch und das Lachen der Hühner

Ich wirkte nicht alleine in der Königlichen kreativ Werkstatt. Neben mir sass Eli, er hatte einen Elefantenfuss, und er schnitzte tagein und tagaus Elefanten, aus feinstem Lindenholz und kunstvoll mit Schnitzereien verziert. Jeder Besucher, der eine Audienz beim König hatte, bekam einen solchen Elefanten geschenkt.

Zebi wiederum war ein stiller Mensch. Er sprach kaum jemals ein Wort. Zebi hatte ein schwarz-weiss gestreiftes Gesicht wie ein Zebra. Tagein tagaus wob er Zebrateppiche – Bettvorleger, die der König an seine Jagdgefährten verschenkte.

Giri war der Grösste von uns, denn er hatte einen Hals so lang wie der einer Giraffe. Er färbte tagein, tagaus Batikbaumwollhemden, und jedes Hemd sah aus wie das Fell einer Giraffe. Diese Batikhemden waren die Arbeitskleider für die Königlichen Heuschnitter.

Bäri war mit einer Bärentatze ausgestattet und bedruckte Stunde um Stunde Baumwolltaschen mit seiner Bärentatze. Diese dekorativen Taschen wurden auf dem Markt verkauft, und wer etwas auf sich hielt, musste sich so eine Tasche kaufen, denn sie war auch das Zeichen dafür, dass die Königliche Kreativwerkstatt von der Bevölkerung unterstützt wurde.

Alle Bewohner des Königreichs fanden es sehr grosszügig vom König, dass er Eli, Zebi, Giri, Bäri und mir einen Arbeitsplatz in einem geschützten Rahmen anbot. Das Volk hatte auch schon von anderen Königen gehört, die all jene Männer, die von einer Hexe verzaubert worden waren und nicht ganz erlöst worden waren, so wie ich mit dem Schwanenflügel, mit Schimpf und Schande in den Wald gejagt hatten und sie den Wölfen überliessen.

So sassen wir also zu fünft in unserem geschützten Kreativatelier und arbeiten – Woche um Woche – immer dasselbe.

Elefanten schnitzen. Zebrateppiche weben. Batikhemden färben. Baumwolltaschen bedrucken. Und ja, die Justitia malen.

Natürlich gab es auch einen Atelieraufseher. Seine Aufgabe war es, unser Potential zu fördern und sich mit uns zu unterhalten, denn wir hatten keinen Kontakt zu den anderen Königlichen Dienern. Der Aufseher hiess Plapperdiplapp.

Jeden Morgen, punkt acht Uhr, sassen wir im Kreis. Plapperdiplapp fragte dann jeden Einzelnen von uns: «Wie fühlst du dich heute? Was sagt dir dein Bauch?»

Eli musste immer den Anfang machen. «Mein Elefantenfuss fühlt sich heute sehr schwer an», begann er. «Und diese Schwere macht mir heute sehr zu schaffen. Mein Bauch sagt mir, dass ich gerne Bambussprossen essen würde, um die Schwere etwas zu lindern.»

«Auch ich verspüre die Schwere deines Elefantenfusses», antwortete Plapperdiplapp salbungsvoll. «Gestern fühlte sich dein Fuss leicht an. Hast du eine Idee, warum er heute so schwer wirkt?»

«Manchmal denke ich, dass sich Elefantenfüsse schwer anfühlen – weil sie schwer sind.»

«Versuch es doch einmal mit einer Atemübung, und visualisiere eine Hühnerfeder. Wenn du das jeden Tag drei Mal zehn Minuten übst, wird sich dein Elefantenfuss in pure Leichtigkeit verwandeln», plapperdiplappte Plapperdiplapp.

Eli schaute mürrisch drein. «Ich will aber Bambussprossen.»

«Aber, aber», redete Plapperdiplapp zuckersüss. «Wir haben doch erst gestern darüber gesprochen, dass wir nicht ‹Ich will› sagen, sondern uns mit Hilfe der Visualisierung etwas vergegenwärtigen. Wir wollen die positive Kraft unserer Gedanken nutzen.»

Eli senkte beschämt den Kopf und verstummte für den Rest der Morgenrunde.

«Nun, Zebi, wie fühlst du dich heute? Und was sagt dein Bauch?»

So ging das jeden Morgen eine Stunde lang.

Zebi sagte immer, er fühle sich grossartig, und sein Bauch bescheide ihm, dass es keine schönere Arbeit gebe als das Färben von Batikhemden. Auch Giri war ganz auf Linie und sagte, dass er dem König sehr dankbar sei, hier an diesem Geschützten Arbeitsplatz arbeiten zu dürfen.

Bäri versprühte nie grosse Worte. Er hob seine Hand und reckte den Daumen nach oben. «Alles wunderbar», rief er, und die Freude darüber glitzerte in seinen Augen.

«Und du, Schwani», wandte sich Plapperdiplap an mich. «Wie fühlst du dich heute, und was sagt dein Bauch?»

«Ach, ach, mir geht's mies. Ich finde es hier so, so, so langweilig. Immer muss ich die Justitia malen, die verbundenen Augen, das Schwert in der Rechten, die Waage in der Linken. Stets muss ich diese Gerechtigkeit malen. Und ich weiss einfach nicht, was daran gerecht ist, dass ich in der Königlichen Kreativwerkstatt werken muss. Und Bauchweh habe ich auch, weil ich jede Woche nur eine lumpige Küpfermünze bekomme.»

«Solche Worte ziemen sich nicht!», rief Plapperdiplapp mit quietschender Stimme. «Das habe ich dir schon gestern und vorgestern und schon in der letzten Woche gesagt. Nimm dir ein Beispiel an den anderen. Sie sind sehr froh und dankbar, dass sie in der Königlichen Kreativwerkstatt dienen dürfen.»

«Aber ich bin wütend!», fauchte meine Schwanenstimme. «Ich kann mehr, als immer nur Justitia malen. Ich will Landschaften schaffen! Ich will ein Porträt der Königin anfertigen! Ich will den Wald in Herbstfarben malen! Ich will ein Künstler werden! Ich bin ein Künstler!»

So viel trotziges «Ich will» liess Plapperdiplapp natürlich puterrot anlaufen. «Pah!», rief er, «ein Künstler willst du sein! So eine Ungeheuerlichkeit hat die Welt noch nie vernommen. Ein Mensch mit einem Schwanenflügel will Künstler werden! Pah! Da lachen ja die Hühner!»

Vor lauter Häme konnte Plapperdiplapp nicht mehr weitersprechen. Er gluckste so bösartig, dass ihm die Tränen über sein feistes Gesicht rollten.

Eli scharrte nervös mit seinem Elefantenfuss. Zebis weisse Streifen färbten sich rot. Giris Hals schrumpfte vor Angst einen halben Meter, und Bäris Krallen trommelten nervös auf seinem linken Bein.

«Künstler!» bleckte Plapperdiplap und japste nach Luft. «Dem König sollst du auf Knien danken, dass du hier in der Königlichen Kreativwerkstatt nützlich sein darfst. Hier stört sich niemand an deinem Schwanenflügel, und das sollte dir Trost genug sein. Ich, Plapperdiplapp, ich kenne die Menschen, und eine Eigenart des Menschen ist, auf alles hinabzuschauen, was einen Makel hat. Im ganzen Königreich gibt es auf Grund der Königlichen Gnade Kreativwerkstätten, damit all jene Menschen, die wegen einer Beeinträchtigung unvollkommen sind, in einem geschützten Rahmen arbeiten können. Auch du wirst es noch schätzen lernen, dass du hier gelitten bist. Und jetzt genug geschwätzt. Ab an die Arbeit!»

So blieb auch mir nichts anderes übrig, als auch an diesem Tag der Justitia die Augen zu verbinden. Ihr die Waage an die Linke zu pinseln. Und das Schwert in die Rechte.

Softskills und die Tütensuppe

Wir arbeiteten jeden Tag von Morgen um neun Uhr bis Mittag um elf. Dann wurden wir in die Küche abkommandiert, um das Mittagessen zu zubereiten. Beim Aufreissen der Tütensuppe, beim Abwägen der Nudeln, Abzählen der Bratwürste, Öffnen der Flasche mit der Salatsauce und beim Erhitzen der Erbsen und Karotten in der Mikrowelle mussten wir unsere Softskills trainieren.

Plapperdiplapp unterstrich jeden Mittag, dass es wichtig für unsere soziale Integration in den Königlichen Hof sei, das korrekte Aufreissen einer Tütensuppe zu beherrschen. Während wir das Essen gar machten, schlenderte Plapperdiplapp durchs Schloss. Er plauderte hier mit der Zofe, die die Königlichen Strümpfe bügelte, und hielt da ein Schwätzchen mit dem Reichsschuhputzer.

Da wir irgendwas falsch machen könnten – beim Abzählen der Bratwürste oder Erbsenerhitzen – , wurde unsere Kocherei von einer Königlichen Kochpädagogin überwacht. Sie führte eine Liste mit unseren Namen und verteilte Punkte.

Für das korrekte Aufreissen einer Tütensuppe verlieh sie sechs Punkte. Ich musste meine Zähne zu Hilfe nehmen, damit ich die Tüte aufbekam.

«Aber, aber», tadelte mich die Königliche Kochpädagogin, «das gibt nur einen Punkt. Das nächste Mal musst du dir mehr Mühe geben. Du kannst die Tüte auch mit einer Hand öffnen. Ich habe dir doch vor drei Wochen erklärt, wie du das Mithilfe der Metakognition lernen kannst.»

Ich würgte ein Schwanenfauchen hervor. «An deiner Freundlichkeit musst du auch noch arbeiten. Wir haben doch in der letzten Gruppensitzung gelernt, wie wir mit Affirmationen unser Herz im Licht erstrahlen lassen. Dein Fauchen ist kontraproduktiv.»

Als der Tisch gedeckt war und alle auf ihren Stühlen sassen, mussten wir uns die Hände reichen und das Lied von «Geier Sturzflug» anstimmen, das wir vor der Mahlzeit, also drei Mal täglich, vortragen mussten. «Jetzt wird wieder in die Hände gespuckt, wir steigern das Bruttosozialprodukt.»

Der verbotene Blumenstrauss

Nachmittags um zwei Uhr trabte Plapperdiplapp wieder an, und so ging es bis fünf Uhr mit dem Schaffen und Wirken – und der Verzweiflung meinerseits – weiter.

Abends hätte ich gerne meine Schwester, die Königin, besucht oder mit meinen Brüdern zu Abend gegessen. Doch der Kontakt zu den Menschen im Schloss war uns Unerlösten verboten. Plapperdiplapp sagte jeden Abend, er wünsche uns einen unterhaltsamen Abend und verschwand zu den Höflingen und den Dienerinnen. Und was machten wir?

Nach dem Abendessen, das aus dem Schloss herübergebracht wurde, setzte sich Eli wieder an seine Schnitzerei. Zebi wob. Giri färbte und Bäri druckte. Auch ich klemmte mich hinter meinen Arbeitsplatz, denn der Aufenthalt im Schlafsaal war uns verboten. Wir durften ihn erst abends um zehn Uhr betreten, wenn die Nachtglocken erklangen.

Ja, ich nahm meinem Platz ein. Aber ich malte nicht Justitia. Ich schuf einen Blumenstrauss. Astern, Dahlien, Margeriten, Rittersporn und Anemonen. Wie gerne wäre ich tagsüber durch die Königlichen Gärten geschlendert und hätte Skizzen von den Blumen angefertigt. Doch der Zugang zu den Pärken war uns nicht gestattet. Nichts sollte die perfekte Architektur aus Rosen, Ginster und Malven durch eine Unvollkommenheit stören.

Als die Nachtglocken durch die Stille hallten, kam Zebi an meinem Platz vorbei und starrte entsetzt auf den Blumenstrauss. «Schwani», flüsterte er mit Panik in der Stimme, «das ist verboten. Du darfst nur die Justitia malen.»

«Immer nur Gerechtigkeit», jammerte ich. «Ich kann sie nicht mehr anschauen. Ich will endlich etwas Schönes malen.»

«Wenn Plapperdiplapp das entdeckt, musst du für eine Woche bei Wasser und Brot in den Kohlekeller.»

«Du musst es ihm ja nicht sagen», raunte ich und schaute ihn mit einem Flehen in den Augen an.

«Nein, nein, ich sage schon nichts.»

Doch als ich am nächsten Morgen als Letzter die Königliche Kreativwerkstatt betrat, dampfte die Wut aus Plapperdiplaps Nasenlöchern.

«Schwani!» schrie er, «sofort her!»

Nun ja, ich musste tatsächlich eine Woche in den Kohlekeller. Zebi brachte mir jeden Tag Wasser und Brot und jedes Mal sagte er, die Liebe und Ergebenheit zum König stehe an erster Stelle, deshalb habe er Plapperdiplapp von dem Blumenbild erzählt.

Der König schenkte Zebi für seine Treue eine Tüte Zimtsterne. Und immer, wenn Zebi in den Kohlekeller stieg, zeigte er mir voll Stolz den Beutel und sagte: «Hoch soll Er leben und gelobt sei der König für seine Güte.»

Eine Universität für Unvollkommene

Eines Tages geschah es, dass ich kein Papier mehr hatte. Zähneknirschend gab mir Plapperdiplapp – er konnte uns ja nicht alleine lassen – den Auftrag, die Königliche Papierwerkstatt aufzusuchen und das Fehlende zu beschaffen.

Da ich schon mal draussen war, dachte ich, ich könnte mich einmal ein bisschen im Schloss umhören und ein wenig da und dort hingucken.

Als ich am Königlichen Audienzsaal vorbeischritt, bemerkte ich, dass die Türe einen Spalt weit offen stand. Ich trat leise an die Tür und lauschte.

Der König sass auf seinem Thron, die Saphire und Rubine glitzerten und der Umhang aus Hermelin betonte seine Macht. Alle Minister, auch meine Brüder, sassen an langen Tischen aus Eichenholz.

«Werte Minister», hob der König zu sprechen an, «heute steht die neue Steuerreform zur Diskussion. Um es gleich vorneweg zu sagen: Der Konigshof muss mehr Golddukaten einnehmen. Die prächtigen Gärten verlangen nach einer Erneuerung. Ich will Orchideen anschaffen. Aber diese kosten sehr viel Gold, weil sie aus fernen Ländern stammen. Zudem muss ich meine hundert Gärtner in eine Weiterbildung entsenden, denn die Orchideenzucht will erlernt werden.»

Anerkennendes Murmeln der Minister. «Nun», sprach der König weiter, «es wird eure Aufgabe sein, werte Minister, die fehlenden Golddukaten einzutreiben. Um Sie für diese ehrenvolle und wichtige, aber sehr undankbare Arbeit zu belohnen, habe ich, der König, beschlossen, dass Sie ab heute keine Steuern mehr bezahlen müssen.»

Die Minister sprangen vor lauter Freude in die Luft. Klatschten stürmisch Beifall, warfen ihre Hüte zur Decke hinauf und riefen: «Hoch soll Er leben, hoch soll Er leben und gepriesen seien des Königs Güte und Weisheit.»

Als sich der Tumult gelegt hatte, lächelte der König zufrieden und setzte fort. «Doch woher nehmen wir die fehlenden Golddukaten? Dafür habe ich eine ganz einfache und logische Idee. Wir holen uns die Golddukaten aus den Königlichen Kreativwerkstätten. Im ganzen Land arbeiten zweihundertvierzigtausend Unerlöste, und jeder erhält für seine Arbeit pro Woche eine Kupfermünze. Von nun an werden wir ihnen eine Kupfermünze pro Monat zahlen. Wenn Sie, werte Minister, jedem die restlichen drei Kupfermünzen abknöpfen, dann gibt das 3 Millionen 744 000 Kupfermünzen. Und das sind, 347 400 Golddukaten. Damit werde ich einen Königlichen Orchideengarten in Auftrag geben – so schön und edel, wie die Welt noch keinen sah.»

Und wieder jubelten die Minister und schleuderten ihre Hüte in die Luft. Mit einer Handbewegung brachte sie der König zum Schweigen.

«Aber, und das ist das Wichtigste, wir werden den zweihundertvierzigtausend Unvollkommenen auch weiterhin vier Kupfermünzen pro Monat zahlen. Doch wenn Sie, verehrte Minister, nun in die Königlichen Kreativwerkstätten gehen, dann werden sie sagen: ‹Der König will eine Universität für Unvollkommene gründen. Da werden alle, die einen Elefantenfuss, einen Giraffenhals, eine Bärentatze, einen Schwanenflügel oder ein gestreiftes Gesicht wie ein Zebra haben, als Dozenten und Weise unterrichten.› Geplant sei, so werden Sie, geschätzte Minister, den Unvollkommenen erklären, dass die Unvollkommenheit wissenschaftlich erforscht werden soll, und es soll ein Elixier geschaffen werden, dass jeder, der unvollkommen sei und zehn Tropfen täglich zu sich nehme, in einem Monat ein Vollkommener werde. Wir wissen ja alle, dass die Unvollkommenen total abgeschottet in ihren Anstalten leben und absolut keinen Kontakt zur Bevölkerung haben. So werden sie auch nie erfahren, dass ich ganz andere Pläne habe.»

Und wieder sprangen die Minister in die Luft, riefen drei Mal «Hoch soll der König leben.»

«Nun, geschätzte Minister, morgen werde ich Sie mit einer Königlichen Depesche in die Länder entsenden, auf dass Sie mir Golddukaten bringen.»

Vor lauter Hochleben lassen und Klatschen und in die Luft springen hatten alle Minister ein knallrotes Gesicht.

«Und nun wollen wir gemeinsam Essen und Trinken und uns am holden Gesang der Königin erquicken.»

Benommen trat ich einen Schritt von der Tür zurück. Träumte ich, oder hatte ich das wirklich gehört? Das kann ja nicht wahr sein, dachte ich entsetzt. Die Unvollkommenen sollen des Königs Orchideengarten berappen? Und damit die Minister auch motiviert sind für ihre ach so anstrengende Arbeit, sollen sie ab heute keine Steuern mehr bezahlen müssen? Hatte der König gescherzt und den Ministern einen Bären aufgebunden?

Eilig und mit wirren Gedanken rannte ich zur Königlichen Papierwerkstatt, und eilte von dort zurück zur Königlichen Kreativwerkstatt. Was für eine unglaubliche hinterhältige Idee da der König ausgeheckt hatte! Und die Minister, meine Brüder, schreckten vor dieser Lüge nicht zurück, waren es doch sie, die jede Woche einen Golddukaten als Honorar erhielten und bis heute jede fünfte Dukate als Steuer abgeben mussten. Und nun das. Steuerbefreiung für die reichen und wohlhabenden Minister.

Plapperdiplapp maulte, als ich mich an meinen Platz setzte. Also begann ich wieder, wie schon seit fast Menschengedenken, die Justitia hinzutünchen. Doch inzwischen stand jede schiefer und blickte entsetzter in die Welt als die vorhergegangene.

Sinnstiftende Arbeit, Tagesstruktur – gelobt sei die Güte des Königs

Nach dem Abendessen sassen Eli, Zebi, Giri, Bäri und ich wieder an unserem Arbeitsplatz, und so fing ich vorsichtig zu reden an. «Heute habe ich eine Zusammenkunft des Königs und seinen

Ministern belauscht. Der König beabsichtigt unseren Lohn zu kürzen, damit er sich einen Orchideengarten leisten kann.»

«Ach, wie schön», sagte Eli, «Blumen sind doch so wunderbar. Da schenke ich dem König gerne eine oder zwei Kupfermünzen.»

«Aber der König will nicht nur eine oder zwei Kupfermünzen», wandte ich ein. «Wir erhalten vier Kupfermünzen pro Monat. Davon beansprucht der König ab morgen drei Münzen für seinen neuen Garten. Das ist doch nicht fair! Und die Minister sollen obendrein keine Steuern mehr bezahlen müssen. Ungerechter geht es nicht!»

«Wieso soll das unfair sein. Es sind ja schliesslich die Kupfermünzen des Königs. Also meine darf er gerne haben», sagte Zebi mit seligem Lächeln. «Und es ist doch nicht mehr als gerecht, wenn die Minister keine Steuern mehr bezahlen müssen. Sie tragen doch so viel Verantwortung und kümmern sich doch so vorbildlich und aufopfernd um die Untertanen des Königs.»

«Der König hat seine Minister beauftragt, all den Unvollkommenen zu sagen, mit den Münzen werde er eine Universität errichten, an der die Unvollkommenen dozieren sollen. Zudem werde in den Königlichen Laboren ein Elixier produziert, und jeder Unvollkommene, der jeden Tag drei mal zehn Tropfen nehme, werde in einem Monat ein Vollkommener sein.»

«Wunderbar!», frohlockte Giri, «dann können auch wir in den Königlichen Gärten flanieren. Wir haben die Chance, an der Kirchweih mit den hübschen Mägden zu tanzen, und wir können heiraten, Kinder haben und ein Haus bauen. Ach, wie gütig doch unser König ist.»

«Unser König ist gut, und er ist immer ehrlich. Wenn er beteuert, er werde extra für uns eine Universität ins Leben rufen, dann wird er das auch in die Tat umsetzen», wandte sich Bäri an mich. «Du behauptest, dass unser König lügt. Die Zunge soll dir verfaulen, ob deiner Lästerworte! Schäme dich!» Und wütend hieb Bäri seine Tatze auf den Tisch, so dass die Farbtiegel schepperten.

«Ich habe das alles gestern gehört, weil die Türe zum Audienzsaal einen Spalt weit offenstand. Ich lüge nicht und schwöre auf Justitia, die ich jeden Tag male: Der König will uns, die wir doch nichts haben, ausser ein paar Kupfermünzen, ausnehmen wie eine Weihnachtsgans. Das können wir uns doch nicht bieten lassen!»

Ich schnaubte wie ein Nashorn, das gerade aus dem Wasser aufgetaucht war. «Wir müssen diese Lügengeschichte unters Volk bringen. Wir müssen alle zusammenstehen und den geplanten Raub verhindern!»

«Jetzt mach mal halblang», sagte Eli verärgert. «Der König ist so gütig, uns für unsere Arbeit zu bezahlen. Du solltest deshalb nicht schlecht über den König reden. Uns geht es doch ausgesprochen gut in der KKW. Wir haben eine sinnstiftende Arbeit. Wir erhalten eine zuverlässige und befreiende Tagesstruktur. Es stehen jeden Tag drei Mahlzeiten auf dem Tisch. Wir werden gar in Sozialkompetenz geschult. Bei der Morgenrunde können wir uns proaktiv austauschen. Wir erlernten auch, wie sich unsere Hemden mit Lauge waschen lassen, damit sie wieder weiss werden. Wir haben sogar eine Kapelle in der Königlichen Kreativwerkstatt, und jeden Sonntag bittet der Herr Pfarrer für uns, dass wir von unserer Sünde der Unvollkommenheit erlöst werden. Und überhaupt, wir haben ja eh keine Möglichkeit unsere Kupfermünzen auszugeben – wir können nicht ins Dorf, weil das die Vollkommenen beelenden würde, wenn sie uns erspähten. Also für mich ist es völlig okay, wenn der König jeden Monat drei Kupfermünzen von mir nehmen will. Die gebe ich ihm mit Freude ab.» Und zur Bestätigung stampfte Eli mit seinem Elefantenfuss drei Mal zünftig auf den Bretterboden.

«Eli hat Recht», stimmte Zebi mit ein. «Auch ich gebe meine Kupfermünzen frohen Herzens dem König. Und ich schenke ihm Glauben, dass er einen Orchideengarten und eine Universität errichten wird. Und andererseits», wandte sich Zebi ängstlich an mich, «wo sollten wir auch hingehen, wenn wir nicht mehr in der Königlichen Kreativwerkstatt wirken und leben könnten? Wir finden doch keine Arbeit im primären Sektor. Ich würde ja sehr gerne im Verkauf arbeiten, aber wer stellt jemanden ein, der aussieht wie ein Zebra? Es ist ja schon für vollkommene Menschen schwierig, einen Job zu bekommen. Und der Jüngste bin ich auch nicht mehr, und es ist ja allen bekannt, dass es für über Fünfzigjährige generell schon ein Ding der Unmöglichkeit ist, einen Arbeitsplatz zu bekommen, weil sie bereits zum Alteisen gehören.»

Danach wob Zebi wieder mit zufriedenem Lächeln am Teppich.

«Und was ist mit dir?», fragte ich Giri, «bist du auch einverstanden? Oder denkst du darüber nach, dich gegen die Pläne des Königs zu wehren?»

Giri wackelte mit seinem langen Hals und nuschelte etwas von «Dankbarkeit».

Als die Glocken zur Nachtruhe riefen, begaben wir uns in den Schlafsaal. Alle meine gehorteten Kupfermünzen hätte ich hergegeben, wenn ich in einem richtigen Haus mit einem Schlafzimmer für mich alleine hätte sein können. Was für ein Elend mir das Schicksal doch aufgebürdet hatte. Meine Gedanken drehten wie ein Karussell, und als die Kirchenglocken Mitternacht schlugen und ich immer noch nicht einschlafen konnte, stand ich auf, schlüpfte in meine Kleider, nahm die Blechbüchse, in der ich meine Kupfermünzen aufbewahrte, und schlich mich auf Socken aus dem Schlafsaal.

Die Türe der königlichen Kreativwerkstatt war unverriegelt, denn es kam ja niemand auf die Idee, dass sich einer von uns eines Nachts davonschleichen könnte. Ich schnürte meine Schuhe und machte mich auf den Marsch in ein neues Leben und – das war mir schon bewusst – in eine unsichere Zukunft.

Der Zwerg, das Losungswort
und der Weg in die Zukunft

Der Mond war voll und rund und goss sein Silberlicht über Felder, Wiesen, Wälder und Wege. Ich hatte mir keinen Plan zurechtgelegt. Noch fünf Mal würden die Glocken die volle Stunde schlagen, und dann würde die Sonne meinen Schwanenflügel aus der Dunkelheit holen. Ich fragte mich, welche Strafe mir der König erteilen könnte, wenn ich zurück ins Schloss geschleppt werden würde. Er würde mich wahrscheinlich an den Pranger stellen, und alle Knechte und Mägde und auch die feinen Damen mit ihren feinen Manieren rufen lassen: «Was masst sich dieser Unvollkommene an! Sich aus der Fürsorglichen Königlichen Obhut davonzuschleichen und sich einzubilden, mit uns, den Vollkommenen, unter einem Dach zu leben?»

Sie würden mich bespucken und mit faulen Eiern bewerfen. So machte man es, wenn ein Untertan dem König den Dienst verweigerte. Nun, Marschieren war immer noch besser, als einfach stillzuhalten.

Als die ersten Sonnenstrahlen übers Land huschten, schritt ich tief in den Wald hinein, und das Glück war mir hold, denn ich fand eine Höhle. Daneben sprudelte ein Bach. Da mich der Hunger plagte, schnitzte ich mir einen Speer. Ich setzte mich an den Bach, brach kleine Stücke vom Brot ab, das ich mir bei meinem Aufbruch noch schnell in die Tasche gesteckt hatte – warf diese ins Wasser und wartete, bis sich eine vorwitzige Forelle an den Brotkrümelchen gütlich tun wollte.

Da flitzte auch schon eine herbei, und mein Speer sauste hinab. Ich suchte Holz, verbarg mich tief in der Höhle, entfachte ein kleines Feuer und briet das Fischlein. Es mundete köstlich. Dann faltete ich meine Jacke zu einem Kissen, bettete mein Haupt darauf. Und zuversichtlich, es schon irgendwie zu schaffen, schlief ich ein.

Als mich etwas an der Nase kitzelte, erwachte ich. Ich staunte Bauklötze, als ich einen Zwerg sah, der einen Grashalm in den Händen hielt und mich damit kitzelte.

«Einen schönen guten Tag», grüsste der Zwerg, «was machst du denn hier?»

«Oh, ich bin die ganze Nacht gewandert. Und jetzt, da es Tag ist, muss ich mich vor den Häschern des Königs verstecken.»

«Was hast du denn verbrochen.»

«Ach, gar nichts», sagte ich, «aber ich bin ein Unvollkommener.»

«Ein bitte was? Ein Unvollkommener – was ist denn das?»

Da stand ich auf und zeigte dem Zwerg meinen Schwanenflügel. «Oh je, oh je», seufzte der Zwerg. «Deshalb versteckst du dich in der Höhle. Aber du könntest doch in der Königlichen Kreativwerkstatt einen Platz finden. Dort wärst du mit lauter Unvollkommenen zusammen. Ich habe gehört, dass es dort sehr schön ist, und die Unvollkommenen verdienen sogar noch Geld mit ihrer Arbeit!»

«Tja, da komme ich her.»

So erzählte ich dem Zwerg von des Königs Orchideengarten und vom Lügenversprechen, eine Universität für Unvollkommene zu errichten. «Da hatte ich die Nase voll,» sagte ich, «und bin auf und davon.»

«Aber wo willst du denn leben und Arbeit finden?», fragte der Zwerg entsetzt. «Das weiss ich auch nicht. Aber in die Königliche Kreativwerkstatt kehre ich ganz bestimmt nicht zurück. Auch wenn ich unvollkommen bin, heisst das noch lange nicht, dass ich nicht die gleichen Rechte wie Vollkommene habe. Auch ich habe das Recht auf eine ehrenwerte Arbeit und auf einen gerechten Lohn. Ich bin nicht der Goldesel des Königs.»

«Das sind wahre Worte,» sprach der Zwerg und nickte.

«Und woher kommst du?», fragte ich ihn.

«Ich gehöre zum Volk der Mooszwerge. Wir hegen und pflegen das Moos in den Wäldern, damit es den Bäumen gutgeht und sie nicht krank werden.»

«Was für eine schöne Arbeit», staunte ich.

«Aber was machen wir denn nun mit dir?», fragte der Mooszwerg. «Die Menschen werden dich entdecken, wenn sie im Wald nach Reisig suchen. Hier kannst du nicht bleiben.»

«Doch wo soll ich hingehen? Für Unvollkommene gibt es keinen Platz in den Dörfern oder Städten. Mit uns will niemand etwas zu schaffen haben.»

«Das ist leider auch wahr. Doch es muss doch auch für dich eine Zukunft geben.»

So sassen wir dann lange da, entzündeten noch ein Feuerchen, ich fing noch eine Forelle und teilte das letzte Stück Brot mit dem Zwerg. So weit, so gut.

Als die Nacht herandämmerte, sprach der Zwerg: «Du musst weitergehen. Hier werden dich die Häscher des Königs finden. Folge dem Licht des Mondes und geh immer gegen Süden. Nach sechs Tagen und sechs Nächten wirst du zu einem breiten Fluss gelangen. Dort wartet ein Fährmann, der dich übers Wasser bringt. Er wird dich fragen, wie das Zauberwort heisst, und dann wirst du ihm antworten: Unvollkommen. Denn das ist der Schlüssel zu deiner Zukunft und zu deinem Glück.»

«Ach, ach, wie soll mir meine Unvollkommenheit Glück bringen? Niemand will meinen Schwanenflügel sehen.»

«Vertraue mir», sprach der Zwerg und reichte mir einen Kieselstein. «Dieser Stein hat Zauberkräfte. Du musst ihn immer bei dir tragen, und all dein Tun wird dir gelingen.»

Dankend nahm ich den Stein entgegen und knotete ihn in mein sauberes Taschentuch. Ich bedankte mich beim Zwerg für seinen Rat und seine Hilfe.

Die Elfe und die Kunde von den grossen Nasen und den grossen Füssen

Etwas zuversichtlicher wanderte ich dahin, kam an den Fluss, der Fährmann wartete und fragte nach dem Losungswort, ich stammelte es, und als ich am anderen Ufer von der Fähre ging, wanderte ich noch einen Tag und eine Nacht, und als am achten Tag die Sonne mit ihren Strahlen zum Tagwerk rief, versteckte ich mich in einer abgelegenen Scheune.

Mein Schlaf war schwer und tief.

Doch um die Mittagszeit hörte ich leisen und sanften Gesang, so schön, wie es noch nie ein Menschenohr vernommen hatte.

Verwirrt schlug ich die Augen auf. Auf einem Stein, einen halben Meter entfernt, sass eine Elfin und sang in den schönsten Tönen.

«Ei, ei,», sprach sie, «habe ich dich mit meinem Gesang geweckt?»

«Davon lasse ich mich gerne wecken», sagte ich mit einem Lächeln. «Du singst so begnadet wie eine Nachtigall.»

«Woher kommst denn du», wollte die Elfin wissen.

So erzählte ich ihre meine Geschichte.

«Da hat dir das Leben ein vertracktes Schicksal aufgebürdet», sprach sie voller Mitgefühl. «Doch wie willst du dein Dasein fristen? Irgendwas musst du ja arbeiten, damit du dir Brot kaufen kannst.»

«Ich möchte Kunstmaler werden. Da stört mich der Schwanenflügel nicht. Aber ich weiss nicht, wie ich meine Unvollkommenheit vor den Menschen verbergen soll. Hast du vielleicht eine Idee?»

Die Elfin machte ein bekümmertes Gesicht und runzelte die Stirn. Doch als ich schon damit rechnete, dass sie kein Wort mehr sagen würde, leuchteten ihre Augen auf, und ein listiges Lächeln breitete sich auf ihrem Gesicht aus.

«Warum musst du denn deine Unvollkommenheit verbergen?»

«Weil die Menschen keinen Unerlösten sehen wollen. Es graut ihnen davor. Und sie denken, wenn sie nicht brav und artig seien, könne ihnen auch so ein Schicksal widerfahren.»

«Du musst dich nicht sorgen, denn niemand ist vollkommen. Auch der perfekteste Vollkommene und auch die schönste Vollendete, alle haben einen Makel. Die einen kaschieren ihn mit grossen Worten. Die anderen schuften sich krumm, weil sie sich nur dann vollkommen fühlen, wenn sie viel mehr als die anderen leisten. Dann gibt es die Vollkommenen mit der zu grossen Nase, die werden alle Parfumeure, weil sie so gut riechen können. Jene mit den grossen Augen werden königliche Vorleser, weil sie nie eine Lupe zur Hand nehmen müssen. Die mit den grossen Füssen und den langen Beinen werden Handelsvertreter, weil sie schneller ans Ziel gelangen. Die mit den langen Armen werden

Umarmer, und nehmen alle in die Arme, die Halt nötig haben. Die mit den grossen Ohren werden Dirigenten, weil ihr Gehör so unbestechlich ist. Und die mit den zierlichen Händen werden Goldschmiedinnen, weil sie auch die feinsten Arbeiten ausführen können. Was sollte da dagegensprechen, dass du Kunstmaler wirst?»

Ich musste erst einen Moment innehalten, um das alles zu begreifen. «Hm», sagte ich schliesslich, «und wo leben diese Unvollkommenen? Muss ich da noch weit wandern?»

«Nein, nein», sprach die Elfin mit einem liebenswürdigen Lächeln, «du lebst bereits unter ihnen, denn sie sind überall, in jedem Bauerndorf und auch in den prunkvollsten Städten. Niemand muss seine Unvollkommenheit verstecken. Sie reden auch gar nicht darüber, und niemand wird dich scheel ansehen, nur weil du einen Schwanenflügel hast. Aus den Schwanenfedern kannst du Pinsel anfertigen, et voilà, schon hat alles seine Richtigkeit.»

Normanstalten, Zewo-Siegel, Foodwaste und das kollektive Seufzen

«Das sind nun wirklich kluge Worte und eine wunderbare Nachricht. In dem Land, aus dem ich stamme, dürfen nur die Vollkommenen auf der Strasse und im Leben unterwegs sein. Aber sag mir eins – warum ist es in meinem Land so?»

«Wer versteht schon die Vollkommenen? Sei einfach so, wie es für dich stimmt, dann kommt alles gut.»

Das brachte mich erstmals zum Staunen. Dann sagte ich: «Aber bei euch denken die Leute offenbar anders?»

«Ja», sang die Elfin fast. «Bei uns gibt es keine Normen. Denn Normen setzen Grenzen. Und diese schränken alle ein, auch die Vollkommenen.»

Das nun leuchtete mir *vollkommen* ein. «Normen sind also das Problem und nicht die Unvollkommenen.»

«Richtig. Du lernst aber schnell», schenkte mir die Elfin ein Lob. «Aber nicht nur dies. Sie setzten den Vollkommenheitsmassstab nicht nur bei allen Menschen an, sondern auch bei sämtlichen Blumen und Bäumen und Quellen und Äpfeln und Birnen und Kühen und Hühnern und Schafen. So schufen sie Normanstalten, und nur, was mit einem Zewo-Siegel gekennzeichnet war, durfte die Stätten der Norm noch verlassen.»

«Wie die Königliche Kreativwerkstatt, die ich verlassen habe», sagte ich mit einer Portion Traurigkeit.

«Leider, ja», sprach die Elfin. Dann fuhr sie fort: «Die Unvollkommenenheit ist eben Teil des Menschen.»

Die Elfin blickte mir erst lange in die Augen. «Weisst du, auch bei uns waren die Normiererinnen und Normierer gnadenlos. Doch dann organisierten die Unvollkommenen eine Demonstration. Sie zogen zu Tausenden vor den Königspalast und riefen im Chor: «Auch unvollkommene Leben zählen.»

«Und dann?» Ich war ganz schön gespannt.

«Das ist schnell erzählt», sagte die Elfin. «Nach wochenlangen Demonstrationen musste der König die Krone nehmen und abdanken. Die Königlichen Kreativwerkstätten wurden geschlossen, und als sich bei den Menschen die Erkenntnis durchsetzte, dass alle – auch des Königs Minister oder die Normiererinnen und Normierer – Unvollkommene waren, ging ein grosses Seufzen durch das Volk. Alle atmeten erleichtert auf, weil sie nun nicht mehr jeden Monat zur Vollkommenenkontrolle antraben mussten.»

«Und du, warst du bei diesen Demonstrationen dabei?», fragte ich neugierig.

«Jawohl, war ich. Aber das geschah alles vor vielen, vielen Jahren. Nur noch die sehr, sehr alten Menschen können sich an diese Zeit erinnern. Und wenn sie davon erzählen, gruseln sich die kleinen Kinder und wollen nicht alleine in ihren Betten schlafen. Und manchmal kommen dann Reisende durch unser Dorf, so wie du, und erzählen, dass es noch immer Königreiche gebe, in denen alles, vom Apfel bis zum Menschen einer strengen Norm entsprechen müsse. Da sind wir dann wirklich erstaunt, wenn wir solche Kunde vernehmen, denn es ist so ein sinnloses und ressourceverschleissendes Gebaren.»

«Wem sagst du das», sagte ich und seufzte.

«Aber hier sind die Menschen heute überzeugt, dass das Zusammenleben nur dann harmonische und friedlich sein kann, wenn niemand mehr nach einer Norm beurteilt wird. Du siehst also», sagte die Elfin schliesslich, «du brauchst dich nicht im Wald zu verstecken und musst dich auch nicht für deine Unvollkommenheit entschuldigen.» Welch ermunternde Worte! Zum Abschied sang mir die Elfe noch ein Liedchen – und schon war sie hinter einem Quittenbaum verschwunden.

Die Golddukaten, die bezauberndsten Finger – und der finale Liebesrausch

Ich wusch mir am Bach Gesicht, Hand und Schwanenflügel, strich mein Hemd glatt. Die Schuhe polierte ich mit einem Büschel trockener Blätter.

Wenn es so war, wie es die Elfin erzählt hatte, dann drohte mir keine Gefahr. Zuversichtlich marschierte ich also bis zur nächsten Stadt. Dort fand ich Unterschlupf in einer Herberge und für das Putzen der Zimmer und Feuerholzhacken erhielt ich drei Mahlzeiten pro Tag. Und tatsächlich: Niemand fragte, was es denn mit dem Schwanenflügel auf sich habe.

Im Winter bekam ich eine Anstellung als Hauslehrer und so begann ich, meine Rappen zu sparen, damit ich mir Leinwand und Farben kaufen konnte. Aus meinen Schwanenfedern fertigte ich zahlreiche Pinsel, und als der Kuckuck den Frühling verkündete, stellte ich meine Staffelei vor die Stadtmauern und malte die prächtigen Bäume mit ihrer Blütenpracht.

Mit Schauern dachte ich zurück an die unglückselige Zeit in der Königlichen Kreativwerkstatt, und es erschien mir wie ein Wunder, dass sich alles zum Guten gewendet hatte. Aber das waren wohl die Zauberkräfte gewesen, und so legte ich den Kieselstein des Mooszwergs jedes Mal bei Vollmond aufs Fenstersims, damit er weiterhin silbrig leuchtete.

Immer wieder kamen Leute aus der Stadt und bewunderten meine Bilder. Ich hatte mich für den impressionistischen Stil entschieden, denn es gab keine andere Kunstrichtung, in der man so wunderbar mit Schatten und Licht arbeiten konnte.

Bald schon hatte ich ein Dutzend Bilder gemalt, und ich konnte sie im grossen Gemeindesaal im Bürgerhaus ausstellen. Wie freute ich mich, als die Besucherinnen und Besucher hereinströmten – und erst recht, als zu später Stunde auch das letzte Bild eine Liebhaberin gefunden hatte. Erstmals in meinem Leben knüpfte ich statt der Kupfermünzen Golddukaten in mein Taschentuch. Der Kieselstein, der mir der Zwerg geschenkt hatte, hatte mein Schicksal tatsächlich zum Guten gewendet.

Bald hatte ich so viele Golddukaten gespart, dass ich mir ein schönes Häuschen mit vielen Fenstern kaufen konnte. Das viele Licht, das in mein Atelier strömte, passte perfekt zu meinem künstlerischen Schaffen.

An einem Winterabend kurz vor dem ersten Advent besuchte ich einen Musikabend. Eine Harfenistin spielte Weihnachtslieder. Sie musizierte wunderbar, und ihre langen Finger waren das Bezauberndste, das ich je gesehen hatte.

Im Liebesrausch sank ich, nachdem der letzte Ton der Harfe verklungen war, auf die Knie und bat sie, mit bangem Herzen, meine Frau zu werden.

Und sie sagte Ja! Ohne zu zögern! Gott schenkte uns vier Kinder. Das erste hatte feuerrote Haare und wurde Nachtwärter, weil die Haare so rot leuchteten, dass er keine Laterne brauchte, wenn er seine Runden durch die Stadt drehte. Das Zweite besass lange Beine und wurde Depeschenläufer. Unser erstes Mädchen mit seidenzarten Fingerchen wurde Seidenweberin. Und das zweite

Mädchen verfügte als Geschenk über eine blühende Fantasie und wurde eine begnadete Märchenerzählerin. Meine Frau gab noch viele Konzerte in der Stadt. Und ich fertigte weiter meine Pinsel aus den Schwanenfedern.

Happyend und ein fröhliches Fest

Eines Abends – wir sassen mit unseren Kindern und den Enkel und Enkelinnen am Tisch und assen Kartoffelsuppe und Brot –, pochte es zaghaft an unsere Tür. Der Mond stand schon am Himmel, und ich fragte meine Frau, wer das um diese späte Stunde wohl sein könnte.

Ich nahm eine Laterne und schob den Riegel zurück und öffnete die Türe. Fünf alte Männer in fadenscheinigen Jacken und Hosen und eine vom Gram gebeugte Frau standen auf dem Hofplatz.

Einer trat vor und sprach erschöpft: «Sei gegrüsst, Schwani. Wir sind deine Geschwister. Der König hat uns vom Hof gejagt, weil wir die Normen nicht mehr genügend erfüllen können. Unsere Beine wurden langsam, unsere Augen trüb, unser Kopf müde und unsere Hände zitterig.»

Ich betrachtete sie lange.

«Vor vielen Jahren», fuhr der Älteste und Gebrechlichste fort, «haben wir die Kunde vernommen, dass du ein berühmter Kunstmaler geworden bist. In unserer Not wissen wir nun keine andere Hilfe, als an deine Türe zu klopfen.»

«Aha,» sprach ich mit einem zynischen Ton, «die Herren Minister und die Königin haben ausgedient.»

Ich grämte mich immer noch, dass sie den Plan des Königs, uns die Kupfermünzen abzuknöpfen, bejubelt hatten. Nun aber standen sie vor meiner Tür, baten um ein Nachtlager, einen Teller Suppe und ein Stück Brot.

Seit damals sind wieder viele Jahre ins Land gezogen. Am Anfang war ich noch ziemlich eingeschnappt, doch meine Frau konnte mich wie schon oft besänftigen, und so leben wir nun alle in einem Haus – und jeder geht, entsprechend seiner Fähigkeiten, seiner Arbeit nach.

Das also war die Geschichte vom Anderssein und wie mein Schwanenflügel zu einem Segen wurde. Jedes Jahr am ersten Mai machen wir in der Stadt ein grosses Fest, und jeder gibt dabei eine Kostprobe von seinen Fähigkeiten. Und alle, so wie wir sind, sind wir gut.

Ja, wir sind gut. Und das ist ein wunderbares Gefühl.

Meine revolutionäre Entdeckung eines neuen Gens

Lange prägte mich mein Hippiegen. Und davor und danach gab es noch einige andere, prägende. Wer hätte gedacht, dass ich auf die nicht mehr ganz jungen Tage nochmals ein neues Gen entdecke. Heimlich, hinter heruntergelassenen Storen und bei zugezogenen Nachtvorhängen führe ich nun ein Doppelleben. Ich tanze, ich träume, ich segle in die totale Tiefenentspannung.

Hätte ich nicht im deutschen Magazin «Stern» dieses Porträt von dieser Sängerin gelesen und hätte ich nicht, von der Neugier angestachelt, mir alle Videos auf YouTube von ebendieser Sängerin angesehen, dann hätte ich mich nämlich auch nie hingesetzt, um meiner DNA auf die Spur zu kommen. Dann würde ich jetzt nicht auf der Couch sitzen, die Füsse bequem auf das Salontischchen aus der Ikea gelegt, das auf einem Teppich, auch Ikea, steht. Mein Ikea-Gen hatte ich vor vier Jahren entdeckt. Damals dachte ich resigniert: Ich also auch.

Hammermässig cool

An einem sehr kalten und düsteren Märztag, der Fünfte, des Jahrs 2021, setzte ich mich auf die Couch und begann, meine DNA zu dekodieren. Ich war fünfundfünfzig. Es war an der Zeit, meine aus unterschiedlichen Desoxyribonukleotiden aufgebaute Nukleinsäure näher zu betrachten. Zeit, über das Werden und Vergehen, über Anfänge und Abschiede nachzudenken. Tja, was soll ich jetzt zur Entdeckung meines neuesten Gens sagen? Soviel sei verraten: Ich werde mich nicht outen. Nie. Niemals. Ich schweige. Denn es war ein Schock, als ich feststellte, dass es da in meiner DNA so ein Fitzelchen gab, so ein winzig kleiner Abschnitt, so eine Grundinformation, die zu meiner Entwicklung zählt. Zurzeit finde ich das peinlich, ziemlich schlimm peinlich, megapeinlich, deshalb: Ich schweige.

Doch in den letzten Tagen, als ich heimlich und nur im Flüsterton den Liedern dieser Sängerin lauschte, mir jedes Lied wirklich anhörte, nicht einfach so mal ein bisschen Gesinge beim Abwaschen und Staub saugen – ich nahm auch ein fröhliches Eukalyptus-Ringelblumen-Schaumbad und hörte zu, was diese Frau in ihren Songs der Welt mitteilte – da wurde mir klar, diese Frau hat Mut. Seit gefühlten zweihundert Jahren dachte ich zum ersten Mal wieder: Das ist eine coole Frau. Ja, diese Frau ist megacool. Hammermässig cool. Das habe ich das letzte Mal 1987 gedacht, als Nina Hagen kreischte: «New York-City ist die heisseste Stadt, wenn man einen Boyfriend und ein Hotelzimmre hat.» Danke Nina, denn wegen dir entdeckte ich damals mein Punkgen.

Dass der Mensch eine DNA hat, ist kein neues Wissen. So dachte ich bis anhin immer: Ich bin ein Mensch. Ich habe eine DNA. Aber die interessiert mich nicht. Ich bin nicht krank. Ich muss nichts analysieren lassen. Ich muss nicht wissen, ob meine Vorfahren durch die Tundra gestapft sind und ein Mammut über dem Feuer grillierten. Ob ich mit dem Alpöhi verwandt bin oder in einer direkten Linie von den Inuit abstamme. Alles dämlicher Zeitvertreib. Ich bin. Also bin ich. So einfach.

Kompliziert wurde es aber, als ich mir eben diese Lieder anhörte. Ich dachte plötzlich – und das hatte ich bis dato immer bestritten, dass es so was überhaupt gab – , vielleicht sind diese Sängerin und ich Seelenverwandte. Könnte sein, denn sie ist so ziemlich das Schrägste und Widersprüchlichste, in eben diesem ihren und meinem neu entdeckten Universum.

Mit meiner Seelenverwandten unterwegs in dieser neuen Welt, das war eine sehr prägende Erfahrung. Ich rockte bei heruntergelassenen Storen und zugezogenen Nachtvorhängen in meinem Schlafzimmer den Rhythmus meiner Erinnerungen aufs Laminat. Wirbelte im Dreivierteltakt mit meiner Sehnsucht durch einen imaginären Ballsaal. Steppte elegant – in schwarzem Frack und Zylinder – auf der Bühne der Verführung; verführte mich selbst zu einem Seiltanz. Glitt elastisch in den Spagat. Drehte mich zu den harten Beats des Hip-Hops. Wirbelte mit Katzenblick einen Tango. Liess die Kastagnetten beim Flamenco klappern. Wiegte meine Hüften im Salsatakt. Schmückte meinen Bauch mit klimpernden Perlen, verbarg mich hinter geheimnisvollen Schleiern – deutete an, was alles sein könnte.

Ach, ach, all diese Schritte. Ach so schön, so lebensfroh, so befreiend, nur für mich zu tanzen. 1994 hatte ich letztmals getanzt. Ich tanzte *mit* dieser Sängerin. Danke du, dass du mich zum Tanzen verführst. Danke. Tja, und wegen dir, Sängerin, dachte ich über meine DNA nach.

Und liess die molekularen Ebenen meiner Gene an mir vorbeiziehen.

Indianerin, Prinzessin, Punk

Das Indianerinnengen entdeckte ich im Kindergarten. Mit meinen Schulfreundinnen, mit Pfeil und Bogen, durchstreiften wir den Wald. Die Pfeile flogen bis zur Sonne. Und da wollte ich auch hin. Das Prinzessinnengen legte einiges an Selbstbewusstsein zu und steckte viel Energie ins perfekte Outfit. Aber da funkt immer das Punkgen rein, und das muss unbedingt knallorange Boots tragen. Das Sportlerinnengen zählt meine Schritte. Das Putzfrauengen zwingt mich täglich die Wohnung zu fegen. Das Gärtnerinnengen war mittelfristig inaktiv, obwohl ich da hinein sehr viel existenzsichernde Hoffnung setzte. Das Handarbeitslehrerinnengen strickt mittlerweile komplizierte Rosenblättermuster. Dieses Gen kann sich sehr gut entfalten.

Pleite glücklich

Und dann gab es noch dieses eine Gen. Die Geschichte dieses einen begann im Oktober 1989. Und es kam so: irgendwann während meines damals 23-jährigen Lebens ging ich samstags einkaufen. Mein Weg führte mich an einem Musikgeschäft vorbei. Im Schaufenster funkelte ein Altsaxophon. Zwei Samstage blieb ich stehen und bewunderte die elegante Form und das Sammelsurium der Klappen.

Am dritten Samstag war mein Portemonnaie prall gefüllt mit zwölf Hunderternoten. Ich betrat den Musikladen, legte mein letztes Geld auf den Tisch, deutete auf das Sax. Als ich, mit dem Instrument im Koffer das Geschäft verliess, war ich pleite.

Aber sehr zufrieden mit diesem Zustand.

Der nächste kleine Schritt, der dieses weitere Gen in Bewegung setzte – im Frühling 1991– war ein Saxophonworkshop, wo ich Pedro kennenlernte.

So kam es, dass ich an einem Freitagabend, vor also dreissig Jahren, um 17 Uhr, meine Wohnungstür abschloss. Mit einem Kilogramm Karotten, einer Nagelfeile und einer Taschenlampe und – sehr wichtig – dem Saxophon marschierte ich zum Bahnhof. Liess meine triste Blocksiedlung hinter mir, auch die Stadt mit all dem Teer, Beton, Mief und Lärm. Zog los. Das Abenteuer rief. Das Leben lockte – das Saxophon rockte.

Ich machte die ersten Schritte auf einem Weg, den ich in den nächsten drei Jahren immer wieder, zwei- oder dreimal im Monat ging. Meine Füsse kribbelten in den Wanderschuhen. Sie wollten strammen Schritts übers Feld, durch Täler und auf die Bergspitzen zueilen, wollten loslegen, wollten entdecken, was da hinterm Horizont noch folgte.

Ich liebe seitdem diese Vorfreude auf etwas, das ich nicht kenne, dieses Losziehen mit diesem Kribbeln in den Füssen. Heute, dreissig Jahre später, das Saxophon röhrt wieder so melodisch wie ein Elch in der Wildnis, denke ich, dass kleine

Schritte ziemlich grosse Veränderungen herbeiführen können.

Taufe in der Wildnis

Damals also, an jenem Freitag, Frühling 1991, begann meine
Verwandlung zu etwas, das mich auch im Nachhinein sehr erstaunt. Mein damals 25-jähriges Ich dachte, es habe die Welt
gesehen, es sei ausgeformt, abgeschlossen sein Werdeprozess.
Doch da, mit Pedro, fand eine Taufe statt, die mich formte und
mich zu der machte, die ich heute noch bin. Da zog ich mit Pedro
los, Richtung Wildnis, Bergsee, Wohnwagen und Tipi. Pedro
war fünfundvierzig, er lebte in einer offenen Ehe. Seine Frau
war mit einem Zahnarzt liiert. Seine zwei Töchter standen in der
Pubertät. Wir sprachen jedoch nie über unsere Vergangenheit.
Nicht über seine Familie, nicht über das Leben, das wir schon
gelebt hatten.

Für uns gab es nur das Saxophon. Und den Wald. Aus Zürich
fuhren wir nach Chur. Dort stiegen wir um ins Postauto. Als wir
am Rand des Horizonts anlangten, war die Nacht rabenschwarz.
Im Taschenlampenschein stolperten wir auf einem sehr schma-
len Pfad durch eine Wiese zu einem See hinunter in einen Wald
hinein, alles nur Dickicht und Bäume. Tatam-tatam-tatam.

Wir vernahmen die Trommel. Matthias trommelte für den
Mond und die Sterne. In den drei Jahren, in denen wir zu dritt
zwischen Buchen und Fichten lebten, fragte ich ihn nie, womit
er das Geld verdiente, denn zwischen Föhrenzapfen und Eichen-
blätter war dies, was wir drei unter der Woche waren, alles langweilig. Wir sprachen auch nie darüber, was sein könnte, wenn
wir dies oder jenes täten – heute, morgen oder in einem Jahr.
Besprachen nicht das, was uns hierhergebracht hatte, zu Feuer
und zu Kräutertee. Und zu unserer Musik.

Verweichlichte Stadtknochen

Die erste Märznacht in der Wildnis war frostig kalt. Ich hatte immer gedacht, dass ich in meinem tiefsten Inneren eine echte Indianerin bin. Allzuschnell aber lockte im tiefen, düsteren Wald das Tipi. Meine Indianerknochen, von der lebenslangen Zivilisation verweichlicht, jammerten und jammerten. Die Nacht stieg kalt und unfreundlich vom gestampften Boden des Zeltinneren auf. Ein hinterhältiges, fieses, kleines Lüftchen wehte gemein um meine Füsse und die Nasenspitze.

Ich trotzte zwar eine Weile. Um zwei Uhr aber verkroch sich der verweichlichte Stadtmensch bibbernd in den Wohnwagen. Er klaute Pedros dicke Wollsocken, zog zwei Extradecken aus der Klappbank, es gab sogar eine muffelige Daunendecke. Solcherart vermummt legte ich mich auf die Schaumstoffmatratze. Mein letzter Gedanke, bevor ich einschlief: Um wieder eine Indianerin zu sein, gab es noch viel zu tun. Doch ich in den drei Jahren in der Wildnis wurde ich keine Eingeborene und kein Naturmensch. Ich wurde eine, von dem ich dachte, ich würde sie ganz bestimmt nie sein.

Feuerrauch und eine überraschende Entdeckung

In vermutlich prähistorischer Zeit hatte Matthias mittels eines Grossaufgebots sehr kräftiger Männer die beiden Wohnwagen den Hang hinaufgeschleppt und oben auf der Kuppe platziert. Rundum standen nur Bäume, und von den nächsten Nachbarn war nichts zu sehen und nichts zu hören. Damit das Ganze nicht wie ein biederer bürgerlicher Campingplatz aussah, stellte er noch ein Tipi auf.

Die Nacht im Wohnwagen war schliesslich kuschelig.

An meinem ersten Morgen in der Wildnis lockte mich der Duft von frischgebrühtem Kaffee aus dem Bett. Der Kaffeekocher stand auf einem Rost über der Feuerstelle. Der Feuerrauch roch wie ein Abenteuer – nach ungezähmter Wildnis, nach den Pilzen, die wir noch finden und nach den Beeren, die wir direkt von den Ranken essen würden. Oder nach Buchennüssen, die wir statt des Risotto kochen würden.

Sprinten, traben, gehen, schlendern

Matthias und Pedro sassen schon am Tisch. An einem Tisch. Auf Stühlen! Ich wunderte mich schon, dass wir nicht wie die Indianer auf dem Boden rasteten. Ich trank den Kaffee mit drei Löffeln Extrazucker in winzigen Schlucken. Das Koffein fuhr mir direkt in die Beine: Ich wollte los, jetzt, sofort, entdecken, durch den Wald streifen, wilde Pfefferminze suchen, echten Fenchel ernten, Bärlauch pflücken und Brennesselblätter sammeln.

Doch als Pedro sagte, dass in der Wildnis alles in Zeitlupe geschehe, beugte ich mich dem Schicksal. Stattdessen plauderten wir – um erst die Last der Gewohnheiten, des Fünf-Tages-Arbeitsrythmus abzustreifen. Dabei blickten wir unseren Sätzen nach, wie sie wie winzig kleine Heissluftballone zwischen den Tannen und Buchen dem Himmel entgegenschwebten, bis sie der Morgenhimmel verschluckte. Vom Sprint wechselten wir in den Trab, dann ins Gehen …

Zwei Stunden später schlenderten wir dem Tag entgegen. Stadt, Mief, Teer und Beton bestanden in unseren Köpfen nicht mehr. Wir waren angekommen im Wald. Und bei uns selbst. Bei einem Ich, das zwei Tage lang kein Programm haben würde, nichts zu unternehmen brauchte, nirgends hinstressen musste. Zeit existierte keine. Wir waren armbanduhrlos. Wir lasen nichts, wir hörten kein Radio, es gab keine News mehr.

In den drei Jahren, in denen wir uns trafen, existierte unser anderes Leben nicht – weil es uns mit Absicht nicht interessierte, was schon gewesen war und was noch folgen würde.

Pedro war damals fünfundvierzig, Matthias an die fünfzig und ich – schon fünfundzwanzig! Also jung und unbekümmert. Ich verfolgte keine Karriere. Das Wort Selbstoptimierung – wartete noch auf seine (folgenschwere) Erfindung. Und der Zucker in meinem ersten Holzfeuerkaffee war noch kein böses Lebensmittel.

Es war eine unglaublich leichte Zeit, dort im Wald, mit diesen zwei Männern. Es war so unbefangen und sorgenlos, dass ich, wenn ich mich jetzt daran erinnere, noch immer meine Flügel ausbreiten kann. Und getragen von dieser Unbeschwertheit segle ich zurück, ins Damals. An den Crestasee.

Eisbadritual

Die Märzsonne an diesem ersten Wochenende im Wald geizte. Hin und wieder zeigte sie uns, dass sie stark sein könnte. Doch sie versteckte sich immer gleich wieder hinter den Wolken.

Wir schlüpften in die Jacken, banden unsere Wanderschuhe und machten uns auf den Weg zum See. Als ich nackt, bibbernd, am Ufer stand – sie waren schon hinausgeschwommen – riefen Matthias und Pedro: «Komm, es ist super!» Mit Wachsamkeit trippelte ich über spitze Fichtennadeln und kantige Steine, streckte dann mal meine grosse Zehe ins Wasser und rief: «Oh nein! Viel zu kalt!»

«Komm, es ist wunderbar!» Ich wollte keine Susi sein, stapfte drauflos und vergass das Atmen. Die Kälte griff zu wie ein Schraubstock, erst Beine, Bauch, Brust. Als ich bis zu den Schultern eingetaucht war, schrie ich wieder: «Oh nein!»

«Schwimm! Herrlich!»

Also patschte ich bis in die Mitte des Sees – und es war tatsächlich herrlich. Nach der Schraubstockkälte flutete eine kribbelnde Wärme meinen Körper. Ich drehte mich auf den Rücken, lachte der geizigen Sonne zu, schwamm noch einige Züge, und dann strebte ich sehr schnell wieder dem Ufer zu, rubbelte mich mit dem Waschlappen trocken, bis die Haut rot war. Dann schlüpfte ich in die Klamotten und zog den Reisverschluss der Winterjacke bis zur Nase hoch. Während ich schon wieder warm verpackt auf einem Stein sass, lagen Matthias und Pedro immer noch im Wasser. Ich gelangte zur Einsicht, ich stamme nicht in direkter Linie von den Inuit ab. Was ich nicht weiter tragisch fand.

Es wurde zu einem Ritual, am Morgen und am Abend im Bergsee zu schwimmen. Schliesslich wurde es mit der Zeit auch – leicht – wärmer. Manchmal, wenn der Vollmond den Wald mit einem silbernen Licht übergoss, badeten wir auch nachts. Wenn im Sommer der Tag vor Hitze flimmerte, war es zum Schreien schön, und diese Freude nahm ich jeweils mit in die Stadt, und die Sehnsucht trieb mich auch wieder aus der Stadt hinaus in den Bergkanton und in diesen Wald. Es war, wie wenn ich einer Berufung folgte. In den drei Jahren dachte ich ziemlich oft, ich könnte mein Leben als Eremitin auf einem Berg an einem See verbringen.

Liebe und Hoffnung, Sonne und Mond

Matthias kochte Tee. Pedro und ich packten das Saxophon aus und richteten das Mundstück. Der Ältere setzte sich neben der Feuerstelle auf den Boden und dann begann das, was uns in andere Sphären trug. Wir spielten zusammen, und wir spielten wie Kinder, die selbstvergessen im Sand Burgen und Tunnels, nämlich eigene Welten bauten, Seen aushoben, Kanäle zogen und das Spiel teilten – und die Spielsachen.

Wir wussten eigentlich nichts über Improvisation. Pedro und

ich hatten eine Handvoll Stunden gehabt. Matthias versuchte sich an zwei bescheidenen Congatrommeln. Wir brauchten auch nichts über musikalische Strukturen zu wissen. Wir brauchten keine Kenntnis, ob ein h oder ein b zu spielen war. Es war egal, wenn wir das Bluesschema nicht theoretisch kannten, wir fanden uns, irgendwo im Wald, zwischen Buchen und Fichten. Und fühlten es.

Die Wolken waren unsere Noten, der frische Wind gab den Takt, die Blätter setzten Synkopen, die Fichtennadel spielten eine Oktave höher. Der Farn war der Viervierteltakt. Die vermodernden Blätter lockten mit Grundtönen – und irgendwann flogen wir alle davon.

Matthias war nur noch Rhythmus und Schlag. Pedro und ich zogen uns leise zurück. Wir flüsterten zusammen mit Matthias' Händen, die sich auf den Congas an vergangene Leben erinnerten.

Er erzählte von Liebe, Hoffnung. Von Sonne und Mond, die seit Jahrmillionen ihre Bahnen zogen. Fabulierte von Drachen, die alles verschlingen, und Prinzessinnen in hohen Türmen. Er plauderte von verspielten Stunden, in denen das Hier und Jetzt so wenig wiegt wie eine Daunenfeder. Er berichtete von den Nächten, die er allein durchwachte, nur den Sternen, den treuen Gefährten, zunickend. Er verweilte bei der anbrechenden Dämmerung, wenn die Sonne einen scheuen Blick auf den neuen Tag warf.

Unsere Saxophone punktierten dazu die Achtel, erklommen die Höhen seiner Erzählungen, wurden mit ihm leise und sanft, flüsterten und wisperten, bis die Trommel wieder hinunterstieg und wieder ankam im Wald.

In die Weite des Universums

Dann betrat Pedro die Bühne. Hielt die Töne, lang und tief. Ging in den Untergrund. Erkundete eine unbekannte Welt. Er blies Töne, die suchten und forschten, sich schweren Schrittes bewegten. Verharrten, lauschten – horchten, ein Echo fanden, auf ein Schiff stiegen, Anker lichteten und mit der Brise ins Meer hinaus trieben. In die Weite des Universums segelten. Er wirbelte mit den Wolken, mal mit kleinen und schüchternen, mal mit grossen, vollmundigen, frechen und dann wieder zaghaften.

Seine Tonfiguren verwandelten sich in Quadrate, dann wieder klare Linien, nahmen einen Zirkel und jonglierten mit Kreisen, schwangen sich aufs Trapez und schaukelten in die Kuppel des Zirkuszelts hinab. Stürzten kühn in die Manege ab, setzten eine Clownnase auf und rissen Spässe. Erzählten von Tigern und Löwen, die er nicht bändigen konnte. Zauberten eine Taube aus dem Ärmel, liess sie in unserem Wald ziehen. Und als die Taube mit den Wolken eins wurde, übernahm ich die Führung.

Adler und Seiltänzerin

Ich wollte auch schon immer ein Adler sein und bis zur Sonne fliegen. Das Saxophon machte es mir möglich. Ich breitete meine Schwingen aus, spielte das tiefe c, hielt es lange, liess es leise verklingen, spielte das tiefe d, stieg mit meinem Saxophon hinauf, e, f, g, erklomm die Hügelkuppe. Mit dem f spürte ich meine scharfen Krallen. Das g war mein gekrümmter Schnabel. Höher hinauf, a, b, c' und mit dem d' breitete ich meine Schwingen aus. Mit dem f' spürte ich den Wind unter den Schwingen, Hinauf, hinauf, hinauf also in die grenzenlose Freiheit des c'', d'', f''. Ich glitt über den Crestasee hinweg, schraubte mich Richtung Gebirge, Richtung Heimat, der unermesslichen Weite.

Ich war die Königin der Lüfte, liess mich von der Thermik tragen, verweilte in der zweiten Oktave, liess meine Finger die Töne erspüren. Wurde Ton. Wurde Klang. War Adler.

Unter mir die weite Ebene. In der Ferne das Gebirge. Da wollte ich hin. Mein Ich suchen, meinen Horst. Den Ort meiner Geburt, meinen Ursprung, meinen Anfang.

Und als ich dort war, am Beginn, verwandelte ich mich in eine Seiltänzerin. Das Seil zwischen den Gebirgen gespannt, lag über mir die Unendlichkeit. Unter meinen Füssen lagen Strassen und Wege, die ich gegangen war. Ich erforschte sie nochmals, diese Routen, bot ihnen ein Tänzchen dar in lustigen Achteln und fröhlicher C-Dur. Bat alle Menschen, die mir begegnet waren, um einen Reigen.

Mit dem tiefen C begann ich erneut zu erzählen, davon, wie es war, als wir zusammen unterwegs waren, und ich war froh über das Erlebte und spielte den C-Dur-Dreiklang, Viertel, Achtel, mit und ohne Synkopen. Verliess den Kreis der Tanzenden, ging wieder in die Welt hinaus. Stieg mit lustigen Gauklertönen in den Zug nach Paris. Hüpfte mit dem hohen c und dem d die Treppe des Eifelturms hinauf, verweilte auf den Etagen, fingerte im Dreivierteltakt und liess ein paar neckische Quietscher auf das Publikum weit unter mir rieseln.

Mit dem e'' ging's weiter hinauf zur Spitze, und mit dem g'' kletterte ich auf die Brüstung. Mit dem a'' breitete ich meine Schwingen aus, war wieder Adler und leise, ganz sacht, kehrte ich zurück in den Wald, zu Pedro und Matthias. Zu Risotto und Salbeitee.

Spätabends, als einige vergnügte Sterne am Himmel leuchteten, sagte ich: «Hallo Hippiegen. Ich habe nicht gewusst, dass du zu mir gehörst.»

Am zweiten Wildnistag erwachte ich als überzeugte Weekendaussteigerin. Aber ich blieb ein typischer Schönwetterhippie, einer, der nur bei Sonnenschein in die Jesussandalen schlüpfte und sein Flower-Power-Image polierte.

Vergessen und neu programmieren

Dass ich ein Hippiegen besitze, überraschte mich. Denn noch immer stand ich damals, zu den Zeiten im Wald, im Bann meines Punkgens. Schon damals musste ich meine DNA neu programmieren. Es ging allerdings zügig. Ich hatte zwei Männer an meiner Seite, die seit gefühlten sieben Leben als Hippies unterwegs waren. Von diesen Berufsaussteigern lernte ich rasch viel. Vor allem das: eingetrichterte Lehrsätze einfach vergessen. Vergessen und mein Denken neu programmieren.

Und, die andere wichtigste Lektion: Saxophonspielen in einer Gruppe. Laut sein. Nicht mehr in den Kategorien «falscher Ton» oder «Nein, sowas kann ich nicht» denken. Das ist es doch, was das Hippiesein so spielerisch und unbeschwert macht. Sich über Hürden hinwegsetzen.

Gefangen im Tick-Tack-Korsett

Mit der zweiten Lektion des Antibürgertumkurses tat ich mich schwer. Das Herz meiner beiden Lehrer schlug prinzipiell genauso wie meines. Doch ihres schlug nicht im Takt der Uhr. Sie hatten ein befreites Herz. Mein noch jugendliches Herz zählte die Schläge und steckte in einem Tick-Tack-Korsett. Jeder Schlag eine Sekunde, die ich mit Aktion füllen musste.

Also, auf zum hyperaktiven Beschäftigungsprogramm. Auf die Plätze! Drei, zwei, eins! Start! Der Startschuss knallte alle paar Sekunden in meinen Ohren. Los! Los jetzt! «Machen wir endlich was!»

«Wir machen ja», sagte Pedro.

«Wir machen Siesta. Wir machen immer etwas. Wir atmen», liess Matthias halb entrückt vernehmen. So blieb ich sitzen, atmete, trank zu zuckrigen Kaffee und versuchte mich in Gelassenheit zu üben. Meine grösste Herausforderung in diesem gegenkulturellen Waldworkshop bestand also darin, die Zeit ziehen zu lassen. Nicht ständig in Überaktionismus auszubrechen, unter manischem Zwang den Wohnwagen zu fegen.

Echt antibürgerliche Menschen leiden nicht an neurotischer Putzwut. Aber da war viel Wille gefragt. Unaufhörlich murmelte ich das Mantra: «Muss nicht sein. Muss nicht sein. Cool bleiben. Take it easy. Streif alle Zwänge ab.»

Allein, Matthias hatte in Sachen Ruhe die Vollkommenheit erreicht. Er summte immer ein Liedchen, fläzte auf dem Campingstuhl. Er schwebte immer ein bisschen in den Wolken.

Crashkurs für Stilbewusstsein

Was ich am ersten Wochenende auch noch lernte: Flower-Power-Menschen tragen eine gruppenspezifische Uniform. Matthias war auch diesbezüglich ein Beispiel. Er trug Hosen und eine Tunika aus ungefärbter Leine und – das lernte ich an meinem ersten Crashkurs – die obligaten Wollsocken, das typische Stilmerkmal der Kupfer-Wolle-Bast-Fraktion. In den letzten dreissig Jahren habe ich mir ein wahrlich grosses und buntes Arsenal aus Wollsocken zugelegt und, nein, stricken kann ich diese Dinger nicht.

Matthias Haare reichten bis weit in den Rücken. Er flocht sie zu einem Zopf. Der passte zu seinem Bart, und dieser war, der Mode um Jahrzehnte voraus, akkurat getrimmt und sehr gepflegt. An meinen Haaren musste ich noch etwas arbeiten, sie waren nur einen Zentimeter lang, aber was das betraf, war ich optimistisch. Die Stirnfransen bleichte ich mit Wasserstoff und färbte sie anschliessend violett. Am Hinterkopf baumelte ein Samureizopf. An den Kopfseiten liess ich mir regelmässig Zickzackmuster rasieren.

Meine Fingernägel waren dafür lang, sehr spitzig und mit Hingabe gepflegt, was damals in der Wildnis und in Anbetracht dessen, dass ich jetzt von Freitag- bis Sonnabend ein Leben in der frischen und freien selbstgeschaffenen autonomen Zone führte, für meine Teacher ziemlich gewöhnungsbedürftig war.

Äusserlich wurde ich nie ein zertifizierter Hippie. Ich verabscheute die Walle-Walle-Blumenkleidchen. Mit solch einem Fetzen am Körper sah ich aus wie eine Vogelscheuche, die kleine Kinder erschreckte. Birkenstocks fand ich unglaublich hässlich. Jesussandalen waren cool. Sie korrespondierten wunderprächtig mit meinen rot lackierten Zehennägel.

Pedro trug gewöhnliche Jeans. Aber sein Schal war ganz aus reiner Wolle gewirkt, von seiner Frau in der offenen Beziehung am heimischen Webstuhl gefertigt. Seine Hemden bestanden auch aus Leinen und seine Weste war – und das war schon ein bisschen rockermässig – eine ganz gewöhnliche Jeansjacke. Er besass Schuhe und auch einen Rucksack aus Echtleder, derweil ich bloss in Polyester wandelte.

Am ersten Samstag lernte ich die zweite Lektion: Hippies schmieren sich kein Deo in die Achselhöhlen. Chemie – pfui Teufel. Ihr Parfüm waren der Holzfeuerrauch, Salbei, und die Pfefferminzzahnpaste von Weleda. Diesbezüglich war ich ganz gut gestartet. Meine Seife und Handcrème bezog ich auch vom Arlesheimer Naturkosmetikhersteller. Die Lektion war ganz unhippiemässig ein Start von Null auf Hundert: Zahnbürste und Zahnpasta hatte ich in der Migros erstanden. Nun wurde ich geheissen: Qualifizierte Blumenkinder kauften nie, never im Supermarkt ein. Keinesfalls. Nach dem Crashkurs im Hippiesein besuchte ich nur noch das Reformhaus.

Keine Action, kein Fahrplan

An jedem Tag, den wir als Hobbyhippies lebten, stiegen wir den gleichen Berg hinauf. Wenn wir die Bergspitze erreichten, blickten wir hinab auf Wald und nochmals Wald. In der Ferne schien vage die Zivilisation auf, aber sie war für uns Lichtjahre entfernt.

In den drei Jahren zusammen unterwegs begegneten wir nie anderen Menschen. Wir waren alleine in unserer Welt. Das Leben ausserhalb von Betonwohnungen und Wohnüberbauungen gefiel mir ausgesprochen gut. Mein soziales Ich war schon immer sehr aktiv gewesen – eben, aktiv Im Sinn von mit Freund X ans Konzert, mit Freundin Y zwei Mal wöchentlich joggen, mit Freund Q ins Kino und mit Freundin Z Picknick am See. Aber das hier, am Crestasee, das temporäre Leben in unserer kleinen Kommune, so was hatte ich noch nie erlebt. Und ja – ich war ziemlich weg, weil es nichts zu erleben gab. Keine Action, kein Fahrplan. Nur das Hier, das Jetzt, den Augenblick.

Tournüren und Piratenschalupen

Klar, auch wir drei Freizeitaussteiger lebten in einem imaginären Tauchboot. Wir verschwanden kurzzeitig aus der Welt, tauchten ein in noch nie erforschte Tiefen, stiessen auf Grund, fanden versunkene Piratenschaluppen, Gold und Silber aus längst vergangenen Zeiten, liessen Perlenketten durch unsere Finger gleiten, lauschten den Geschichten, die sie uns erzählten.

Wir fanden Reifröcke mit verschwenderischen Tournüren, schlüpften hinein, setzten uns Zylinder auf, drehten und wendeten uns, verliessen unsere biologische DNA und schlüpften mit Trippelschrittchen in andere Leben hinein. Wir fanden Bücherschätze, lasen von Seeungeheuern, und wir holten sie heraus

aus den Buchstaben, liessen sie am Feuer neben uns sitzen und erfuhren dabei, dass wir mit ihnen verwandt waren – über alle Ozeane und Meere hinweg.

Wir tändelten mit Tintenfischen, die uns in blaue Wolken hüllten, wir räkelten uns mit den Rochen, so gross, so gross. Wir lauschten Sedna, der Mutter aller Meerestiere. Sie schilderte uns die Sagen vom Möwenkönig, den ein Pfeil mitten ins Herz traf, und auch wir liessen uns von all dem, was wir in der Tiefe fanden, mitten ins Herz treffen.

Wir liessen unsere Herzen sprechen. Vielleicht sassen wir deshalb so oft schweigsam am Feuer, weil schon vor Äonen alles gesagt worden war, was es mitzuteilen gab. In diesem Schweigen fanden wir uns, in all den drei Jahren. Und irgendwann kehrten wir zurück, und jeder lebte wieder seine eigene Geschichte weiter, mit anderen Menschen. Mit anderen Liedern. Anderen Sagen.

Das Waldmysterium

Warum wir uns in dieser Konstellation fanden und drei Jahre lang, jeweils vom ersten Frühlingshauch im März bis zu den ersten kalten Winden Ende Oktober, immer wieder fanden, gehört für mich zu diesem unerklärbaren Glück, das sich jeweils einfindet, wenn das Sein nicht mehr auf Erwartungen und Ziele fokussiert, sondern das Dasein einfach dahinfliesst.

Was war es, das uns drei verband? Was lockte uns an? Und was erlebten wir da eigentlich? Wir waren ja Systemverweigerer, die am Wochenende das Aussteigen aus allen Zwängen zelebrierten. Wir hatten, das wird mir erst heute bewusst, eine fixe Vorstellung von Freiheit, und die konnten wir nur im Wald, zwischen Farn und Herbstzeitlosen, leben. Denn in unserem Montag-bis-Freitagnachmittag-Leben mussten wir uns in die Maschinerie des Geldverdienens fügen. Wir waren Zahnrädchen.

Das Mysterium an unserem Hippieleben war der Wald. Ich kannte ihn aus meiner Kindheit. Etwas später bildete diese Landschaft das Hintergrundbild von Sonntagsspaziergängen. Aber begriffen, was Wald ist, habe ich erst am Crestasee. Er ist ein Raum ohne Grenzen. Er hat keine Wände. Im Wald geht keine Tür zu. Ich kann keine Rollos herunterlassen oder den Nachtvorhang ziehen.

Im Wald, damals, mit Pedro und Matthias, konnte ich mich nicht vor der Welt verstecken. Aber was geschieht, wenn ich mich nicht in meinen Beton- und Stadtbunker zurückziehen kann? Der Raum weitet sich aus, es gibt keine Wände, keine fixen Grenzen. Das war für mich eine Entdeckung, so bedeutend wie die Amerikaeroberung von Kolumbus.

So leicht, so leicht das Sein

Dreissig Jahre später sitze ich auf dem Sofa. Im Rückblick staune ich über die Leichtigkeit, wie wir uns damals im Trio fanden – ohne hitzige Diskussionen, über Politik, Feminismus, und ohne dass wir unsere damaligen Träume oder Lebens-to-do-Liste auf dem Campingtisch ausbreiteten. Ohne die Sätze, die mit «als damals», «dann wäre», «dies deshalb» und «weil» begannen und unser bisheriges Leben erzählten – und rechtfertigten. Ich wundere mich heute über jene unglaubliche Leichtigkeit, wundere ich mich heute – weil ich die Unbeschwertheit jener drei Jahre in dieser Wucht nie mehr mit anderen Menschen zusammen erlebte.

Ich fand einen unbekannten Kontinent und entdeckte, dass das Sein auch ohne Plan möglich ist. Dieses planlose Dahinleben, aus dem strukturierten Raum Hinaustreten machte mich zu einer Goldgräberin, die knöcheltief im Wasser stand, Gold schürfte und die Goldklümpchen in ein Marmeladenglas steckte. Nach 30 Jahren krame ich in meinem Überseekoffer und hole diesen nicht geringen Reichtum hervor. Der wahre Goldschatz erschliesst sich mir erst jetzt, in der Erinnerung an eine Zeit ohne Grenzen. Das ist es, was mich heute wieder mit dem Saxophon und der Querflöte hinaus zwischen die Bäume lockt. Die Wände meiner Wohnung, den festgelegten Raum zu verlassen und mich für kurze Zeit in einer anderen Dimension zu erleben, meine Form zu verändern, die Perspektive zu tauschen. Das Zappen zwischen Fest und Fliessend, das liebe ich. Mich in die Luft zu schwingen und mit meinen Gedanken weg und dem Tun davonzufliegen.

Und das klappt nur im Wald.

Ziemlich esoterisch

Ich frage heute meine Blumenkinderfreunde: «Warum fanden wir uns?»

Pedro antwortet: «Weil wir offen waren und unendlich viel Zeit besassen.»

Matthias: «Weil es so sein musste, und weil wir voneinander lernen wollten.»

Pedro: «Du musst nicht immer versuchen, alles mit deinem Verstand zu begreifen. Lass die Dinge geschehen, und sie werden dir schon mitteilen, was sie sind und wieso sie zu dir kommen.»

Matthias: «Ja, im Unergründlichen liegt der Zauber verborgen. Wenn du immer über den Grund nachdenkst, zerstörst du den Zauber.»

Wenn ich sage: «Ihr beiden redet ja wie so Hobby-Schamanen», meint Pedro: «Leg deine Verkleidung für die Zivilisation ab. Verstecke dich nicht hinter einer Fassade. Zeige dich so, wie du sein möchtest.»

Und Matthias: «Wir müssen hier und jetzt nichts sein. Das ist die Freiheit, die uns hier erwartet.»

Pedro: «Wir werden geboren und wir werden sterben. Dazwischen liegt das Leben und das will gelebt werden und lässt sich nicht absolvieren wie ein Marathon, an dem man seine Bestzeit überbieten will.»

Matthias: «Weshalb immer alles und jedes Detail planen? Das sind nichts als Steine, die wir uns selber in den Weg legen.»

Pedro: «Wenn dir Steine in den Weg gelegt werden, schlage einen anderen Weg ein. Der Umweg kann dich auch ans Ziel führen.»

Sage ich dann: «Das kann ich dreissig Jahre nach unserer Waldzeit in jedem Meditations- und Achtsamkeits-Selbsthilfebuch lesen», antwortet Matthias: «Der Mensch hat in seinem Leben eine einzige Aufgabe: den Menschen werden, der in uns schlummert. Ein mitfühlendes Wesen, das zum Beispiel die Schöpfung bewahrt, den anderen Menschen mit Respekt begegnet. Und nicht will, sondern geschehen lässt.» Und widerspreche ich schliesslich noch: «Solche Sätze lese ich heute in den Sonntagsausgaben der Zeitungen, in denen eine Waldbadeexpertin und ein Cool-down-Experte befragt werden», hält Pedro fest: «Es sind nicht der Salat und die Kartoffeln, die uns nähren. Es sind diese Stunden und Tage hier am Crestasee, wenn wir sind, was wir sind. Menschen, die die Nähe zu anderen Menschen suchen.»

«Ja», sage ich dann, «Gemeinschaft ist das, was ich dort erfahren habe.»

Und Matthias antwortet: «Gehen wir noch schwimmen?»

«Ja», sagt Pedro.

«Oh je», seufze ich. Denn der See wurde in den drei Jahren nicht wirklich wärmer.

So zogen wir nochmals los. Das Wasser glitzerte in seiner nächtlichen Klarheit.

Dreissig Jahre später, an einem frostigen Märztag, sage ich zu mir: «Danke Pedro. Danke Matthias. Es ist schön gewesen.»

Bauernhaus und Holzofenbrot

Selbstverständlich blieb mein Hippiegen auch nach der Cresta-seekommune sehr aktiv. Ich lebte lange in einem Bauernhaus in einer WG. Morgen um sechs Uhr weckte mich die Melkmaschine des Nachbarn. Frühabends marschierte ich mit dem Milchkes-selchen zur Käserei. Am Freitag mahlte ich die Körner für mein Brot mit einer Handmühle, nicht zweihundert Gramm, sondern zwei Kilo. Das effiziente Sportprogramm für definierte Arme.

Der Teig war dann gut geknetet, wenn ich mir mit dem Hand-tuch den Schweiss von der Stirn wischen musste. Die hohe Kunst des Bäckereihandwerks bestand darin, ein Feuer hinzubekom-men, bei dem das Brot aussen knusprig braun war und innen ganz durchgebacken. Ein Handwerk, das mir auch das eine und andere kohlrabenschwarzes Brot mit im Inneren noch matschi-gem Teig bescherte.

Es gab einen Herbst, in dem ich im Wald Holz sammelte. Nicht für ein kleines nettes Cheminéefeuerchen, sondern für einen ganzen Winter. Ich machte es gleich fachgerecht, auf einem sogenannten «Büschelibock». Legte die Äste darauf, sägte sie von Hand (!) in einen Meter lange Stücke und verzurrte das ge-bündelte Holz mit einem strammen Draht. Das war nicht so viel Flower und am Schluss auch nicht mehr so viel Power. Pedro hätte kommentiert: «Ist die Zeit reif, musst du es machen, ob es dir nun in den Kram passt oder nicht.»

Und Matthias: «Du musst alles mit deinen Sinnen erkunden.»

Das tat ich, heftig. Die Blasen die ich vom stundenlangen Han-tieren mit der Säge bekam, waren riesig und brannten bereits so wie die Feuer, für die ich die ganze Arbeit auf mich nahm.

Matriarchat und Brennessellauge

Und wie es kommen musste, lockte mich nach der Erfahrung mit der Hippiekommune das Matriarchat. Wir waren alle Hippies, mit haufenweise geerbtem Geld. Eine Fabrik diente uns als Domizil. Es gab nur eine Regel: Es gibt keine Regeln. Keine Hausordnung. Keinen Hauswart. Alle dreizehn Wohnungen wurden mit Holz geheizt, ein unermüdliches Schleppen von Körben voller Scheiter ins dritte Stockwerk. Die Morgen waren so klirrend kalt in meiner Dachwohnung, dass ich mich, um nicht an Ort und Stelle festzufrieren, an eine Bettflasche klammerte.

Im Sommer folgten die Diskussionen über Brennessellauge. Als die Tomaten nicht rot, sondern braun wurden, wunderten wir uns sehr und dachten, in der Natur ist eben alles möglich.

Pedro und Matthias hätten unisono festgestellt: «Nun ist sie ist ein richtiger Hippie geworden.»

Und sie hätten ebenso einstimmig gemeckert: «Aber an den roten Zehennägeln muss sie noch arbeiten. Nagellack ist pfui.»

Bye, bye, Saxophon, Peace, Love und Eierkuchen

Im Sommer 2004, dreizehn Jahre nach meiner Entdeckung des Flower-Power-Gens, hatte ich das Hippiesein in allen Varianten durchdekliniert. Meine Aussteigerzeit war vorüber. Das Peace-, Love-, Happiness und Friede-Freude-Eierkuchen-Gen hatte sich dreizehn lange Jahre ausgetobt. Inklusive kollektiven Kürbissuppenlöffelns im Herbst.

Ich zügelte in eine Blocksiedlung auf dem Lande, legte meine Querflöte dekorativ auf das Regal. Das Saxophon stand von da an in der Ecke. Ich wurde still und angepasst. Ich fügte mich voll und ganz ins nervenschonende Konzept einer Nullachtfünfzehn-wohnung.

Wenn mir heute das Wort Basisdemokratie zu Ohren dringt, renne ich davon, so schnell wie der Teufel, wenn er Weihwasser riecht. Was absolut für die spiessbürgerliche Wohnform spricht: Die Stille ist perfekt. Ich bin mir nie sicher, ob noch andere Menschen im Block leben, denn ich höre tagein, tagaus keinen Pieps noch Mucks, Musik oder Kindergeschrei. Stille, perfekt und absolut wie damals am Crestasee, eigentlich wie im Wald.

Temporäre Achtsamkeit

Als rund dreissig Jahre später die Menschheit im Westen von einem kollektiven Achtsamkeitswahn befallen wurde, liess ich mich auch mitreissen, probierte es mit Atemtraining und Meditation und scheiterte kläglich. Es ist so, mit der Achtsamkeit: Sie ist kein Muskel, der sich mit fokussiertem Atem und Stillsitzen dehnen lässt. Entweder sucht sie einen auf, oder sie lässt sich nicht blicken.

Achtsamkeit ist eine anspruchsvolle Pflanze. Sie braucht hundert Prozent Sonnenlicht. Bei gedimmter, künstlicher Bestrahlung nimmt sie reissaus, und sie will die Musik von echten Vögeln. Kein steriles Walgedudel wie in den Achtsamkeitsworkshops. Und sie hält sich nicht an Termine in der Agenda. Sie schaut nur vorbei, wenn es für sie stimmt. Nicht etwa jeden Freitagabend von halb acht bis halb neun. Darauf achtet sie. Das war es, was mich in diesen drei Jahren mit Pedro und Matthias wirklich prägte, die temporäre Achtsamkeit zu erleben. Draussen im Wald zu sein und ein Teil der Ursprungswelt eins zu eins zu erfahren. Darunter den Frost, der mir in der ersten Nacht im Tipi den Rücken heraufkroch und mich in den Wohnwagen hineinjagte. Die nie vernommene Stille der Nacht und die ebenso noch nie gesehene Düsterkeit, wenn die Bäume sich in Sagengestalten verwandeln. Das Vergehen und Erwachen der Tage.

All das war für mich – Achtsamkeit in ihrer reinsten Form. Das war es, was ich in meiner Zeit als Waldfrau lernte: dass es berauschend war, achtsam zu sein. Auf dem Rückweg in die Zivilisation machte ich dann stets die Schotten dicht. Auf der Reise zurück in die Stadt schloss ich die Tore zu dieser mystischen Welt, schob den Riegel vor und liess die Geschichten von Musik, Klang, Sehnsucht und Träumen am Crestasee. Auch heute noch ziehe ich oft die Fühler ein, wenn ich in der Welt draussen unterwegs bin. Nur manchmal fahre ich mein Periskop aus und gucke ein bisschen da und dorthin. Nach einer Weile habe ich es dann wieder gesehen und ich zieh mich in mein Unterseeboot zurück.

Ichzentrierte Narzissten

Die Geschichte, mit der meine jahrzehntelange Genforschung begann, und wäre ich damals nicht wenigstens ein temporäreres Blumenkind geworden, hätte mich die revolutionäre Entdeckung meines neuen Gens kürzlich vollkommen aus der Bahn geworfen. So blieb ich neulich – Pedro und Matthias sei Dank – trotz allem Schrecken, den das neue Gen in mein Leben brachte, mehr oder weniger in der Spur.

Das Erstaunliche, als ich auch dieses neue Gen entdeckte, war, dass ich mich erst mit meinen Genen anfreunden muss. Ob ich es nun begrüsse oder mich sträube, an Auseinandersetzung und Akzeptanz führt kein Weg vorbei. Da habe ich keine Wahl. Denn bei der Entdeckung eines neuen Gens kann ich nicht sagen: «Tja, du neues Gen, ein bisschen mehr Zurückhaltung, ein bisschen weniger Eifer, dafür eine Prise weniger Unrast.»

Hat das denn nie ein Ende?

Im Herbst 2019 spielte mir das Leben einen üblen Streich. Und auf die Frage: «Was jetzt? Weiter machen oder kapitulieren?» fiel mir keine andere Antwort ein, als den Saxophonkoffer und die Querflöte auf den Gepäckträger meines Velos zu klemmen. Ich radelte zum Wald, suchte mir ein geeignetes Plätzchen. Nach achtzehnjährigem Schweigen erhob mein Saxophon die Stimme. Das fidele Trillern auf der Querflöte brachte die Elfen zum Tanzen.

So war ich nun, von Anfang Frühjahr bis Ende Herbst, hippiemässig am Musizieren. Es kommt gut, trotz Quietschen, Krächzen, Grummeln.

Ich dachte schon, die Entdeckung meiner Gene sei abgeschlossen. Ich war durchaus bereit, mich nicht mehr als Hobbywissenschaftlerin zu betätigen. Ich hätte es dabei belassen sollen. Aber alsbald musste ich mich leicht geplagt fragen: Kommt denn eigentlich meine Genforschung nie an ein Ende?

Jetzt bin ich heimlich so eine

Denn dann gelangte eben dieses Porträt dieser Sängerin in meine Finger. Ich kaufte nach fünfundzwanzigjähriger Abstinenz gleich zwei CDs.

Im Gegensatz zur Entdeckung meines Hippiegen befiel mich ein leises Grauen vor mir selbst, als diese Lieder, um die ich immer einen sehr, sehr grossen Bogen gemacht hatte, durch meine Wohnung flatterten.

Hätte ich nie von mir gedacht, wirklich nie, tausend Mal nie, dass ich einmal so eine würde.

Ich weiss noch nicht so recht, ob ich mich jetzt als jemand mit diesem Gen outen soll. Pedro und Matthias sind meine Zeugen, ich wollte nie so werden wie diese Leute. Aber jetzt bin ich heimlich so eine. Wenn ich mir vorstelle, dass ich mich oute, rieseln eisige Schauer meinen Rücken hinab. Es braucht schon ziemlich viel Mut, im Wald Saxophon zu spielen. Aber den Mut, mich als so jemand zu outen, werde ich kaum je aufbringen.

Grundsätzlich zeigt sich der Mensch ja ziemlich fehlerfrei. So tönt mein Saxophon zwar noch nicht. Das Saxophon ist ein bisschen währschafter als so ein Elfenflötchen, lauter, bestimmter, durchsetzungsfähiger. Darum geht es doch immer, wenn ich ein neues Gen entdecke. Durchsetzungsfähigkeit. Was dieses neue Gen betrifft, bin ich nun in einem sehr, sehr hartnäckigen Clinch.

Gen, bleib in der CD-Hülle!

Seit Jahrzehnten erforsche ich meine DNA-Sequenzen, ergründe sie bis in die furchterregendsten Tiefen. Will ich überhaupt, dass sich dieses Gen durchsetzt? Will ich das wirklich? Ist es mein Herzenswunsch?

Nein, absolut nicht, es soll in der CD-Hülle stecken bleiben, das Superhero-Gen. Soll im Dunkeln verharren. Flüstern darf's, das geht grad noch. Aber man stelle sich nur die Katastrophe vor, die mir bevorsteht, wenn dieses Gen aus der CD-Hülle entweicht wie ein Flaschengeist. So was darf ich mir gar nicht vorstellen, da schiebe ich Krise. Falls dieses Gen eine Chance wäre, dann will ich diese Chance nicht.

Die Erforschung meiner DNA-Sequenzen hat so ihre Tücken, denn, das ist das Faszinierende und zugleich Erschreckende, ich entdecke Moleküle, die 55 Jahre lang schlummerten und jetzt, kurz vor der Rente, zum Leben erweckt und befreit werden wollen. Doch wo führt das hin? Werde ich mich nun an jedem Geburtstag neu erfinden und mit jedem Jahr noch weitere besorgniserregende Eigenschaften an mir entdecken?

Werde ich eines Tages als Rock-'n'-Roll-Girl in einem rosaroten Petticoat Elvis huldigen? Werde ich als Spätberufene einen Marathon in New York laufen, weil ein neues Gen Grenzüberschreitungen will?

Werde ich in der Toskana leben, morgens meiner schöpferischen Ader an der Drehscheibe Form verleihen und am Nachmittag in der Qi Gong-Stunde als Kranich die Schwingen ausbreiten? Werde ich als Olivenpflückerin und Wanderarbeiterin durch Griechenland streifen?

Werde ich einen Blog lancieren – und jeden Tag über ein neues Gen berichten? All diese Möglichkeiten kann ich nicht ausschliessen. Vielleicht sollte ich eine DNA-Analyse machen lassen, um Gewissheit über meine Zukunft zu erhalten. Denn dass diese Gene wuchern wie invasive Neophyten, ist das Erschreckende.

Tiefenentspannung, total

Vielleicht wäre es aber um einiges einfacher, keine Zeitungen mehr zu lesen, denn das Informiertseinwollen über Politik und Gesellschaft stand am Anfang meiner Entdeckung dieses neuen Gens.

Nun ja, seit sechs Wochen denke ich über mögliche Ausstiegsszenarien nach, wälze Ideen, wie ich aus diesem verwirrenden Schlammassel wieder herauskomme. Doch erst gestern Abend um halb acht Uhr konnte ich die Finger wieder nicht im Zaum halten und legte wieder diese CD ein.

Ich kann einfach nicht begreifen, warum ich mich diesen Liedern nicht widersetzen kann. Was ist für mich so anziehend an diesen Texten? Tja, ich gebe es nicht gerne zu, aber ich kann total abschalten, wenn ich diese Stücke höre. Nach dem zweiten Song schwebe ich in der absoluten Entspannung, segle auf einer Wolke dahin. Alle Gedanken sind stillgelegt, so tiefenentspannt, wie ich dies mit Meditation nie erreiche. Genau darin liegen die Gefahr und das Suchtpotenzial, das sich in diesem neuen Universum verbirgt. Abhängig werden von dieser Tiefenentspannung.

Warum stand es am Schluss des Porträts über diese Sängerin kein Warnhinweis geschrieben: «Vorsicht, diese Lieder können süchtig machen. Wenden Sie sich, falls Sie abhängig werden, an eine entsprechende Beratungsstelle.»

Aus lauter Ratlosigkeit und Verzweiflung begab ich mich in die Abteilung «Selbsthilfe» einer Buchhandlung. Für und gegen alles gibt es Ratgeber. Doch über mein Problem hat noch niemand einen Text verfasst.

Vielleicht wäre dies jetzt die Gelegenheit, einen Selbsterfahrungsbericht zu schreiben und die Menschheit davor zu bewahren, sich dem Drang ihrer neuentdeckten Gene hinzugeben. Ich könnte auch ein Buch schreiben mit Rezepten, im Sinne von: «So nähren Sie ihre Gene.»

Ich könnte eine Meditation erfinden: «Zehnminutentraining für einen optimalen Umgang mit ihren Genen». Oder «Die DNA-Sportformel».

Doch das ist das Tückische bei all den noch unentdeckten Genen: Sie bereiten mir einerseits Sorgen, weil ich nicht weiss, was da noch alles in mir schlummert.

Andererseits bergen sie auch ein enormes Potential, da sie meine Gedanken auf Umwege und Abwege katapultieren – und ist dies nicht der Kern eines kreativen Lebens? Herumzuschweifen auf unbekannten Pfaden und Wegen?

Nun gut, vielleicht sollte ich meinen Widerstand gegen dieses Gen aufgeben. Mich nochmals, und das kurz vor dem Bezug der AHV, neu erfinden. Wobei ich mich noch nicht zwischen Petticoat und Griechenland entscheiden kann. Kommt Zeit, kommt Rat. So also werde ich, heimlich, hinter heruntergelassenen Rollos und zugezogenen Nachtvorhängen, weiterhin ein Doppelleben führen. Vielleicht aber werde ich schon morgen nochmals ein neues Gen entdecken. Dann werde ich eben ein doppeltes Doppelleben führen.

Die Autorin

 Morena Pelicano, geboren 1966, Journalistin, in Sutz BE, ist eine Forscherin. Sie nimmt es genau und hat immer wieder als freischaffende Autorin journalistische und literarische Texte geschrieben und lange daran geschliffen. Nach «Ich habe die Zügel aus den Händen verloren» mit Geschichten von Menschen mit Handicap und ihre Situation in der Arbeitswelt, erschienen 2011 im Rex-Verlag, veröffentlicht sie nun die längere Kurzgeschichte über Ceyla-Himali im Eigenverlag.